I0762320

La ciudad de las luces muertas

David Uclés

La ciudad de las luces muertas

David Uclés

Premio Nadal de Novela 2026

Ediciones Destino
Colección Áncora y Delfín

Obra editada en colaboración con Editorial Planeta – España

La ciudad de las luces muertas ha obtenido el 82.º Premio Nadal de Novela 2026, otorgado por un jurado compuesto por Víctor del Árbol, Juan Luis Arsuaga, Inés Martín Rodrigo, Care Santos y Emili Rosales.

Bajo el sello editorial DESTINO M.R.
Avenida Presidente Masaryk núm. 111,
Piso 2, Polanco V Sección, Miguel Hidalgo
C.P. 11560, Ciudad de México
www.planetadelibros.com.mx

Primera edición impresa en España: febrero de 2026
ISBN: 978-84-233-6922-5

Primera edición impresa en México: marzo de 2026
Primera reimpresión en México: mayo de 2026
ISBN: 978-607-39-4084-9

Impreso en los talleres de Litográfica Ingramex, S.A. de C.V.
Centeno núm. 162-1, colonia Granjas Esmeralda, Ciudad de México
Impreso en México – *Printed in Mexico*

A Andrea Kallmeyer y José Manuel Rubio,
por darle cuerda a mi aurícula

Entonces supe lo que deseaba: quería ver la catedral envuelta en el encanto y el misterio de la noche. [...] Había una soledad impresionante, como si todos los habitantes de la ciudad hubiesen muerto.

CARMEN LAFORET,
Nada

Cuando me quedé sola miré al cielo y sólo era negro. Y no sé..., todo ello fue muy misterioso...

MERCÈ RODOREDA,
La plaza del Diamante

Color de noche, color de muertos.

MONTSERRAT ROIG,
El tiempo de las cerezas

Entonces supe lo que deseaba: quería ver la catedral envuelta en el encanto y el misterio de la noche. [...] Había una soledad impresionante, como si todos los habitantes de la ciudad hubiesen muerto.

CARMEN LAFORET,
Nada

Cuando me quedé sola miré al cielo y sólo era negro. Y no sé..., todo ello fue muy misterioso...

MERCÈ RODOREDA,
La plaza del Diamante

Color de noche, color de muertos.

MONTSERRAT ROIG,
El tiempo de las cerezas

Índice de personajes

El escritor:
Carlos Ruiz Zafón
La veinteañera:
Carmen Laforet
La presidenta:
Dolors Monserdà
El violonchelista:
Pau Casals
El fotógrafo:
Julio Cortázar
El mexicano:
Carlos Fuentes
El paciente:
Mario Vargas Llosa
La niña:
Ana María Matute
La filósofa:
Simone Weil
El cubista:
Pablo Picasso
El suicida:
Carles Casagemas
El surrealista:
Salvador Dalí
El pianista:
Isaac Albéniz
La cupletista:
Raquel Meller
El retratista:
Ramon Casas
La sufragista:
Carmen Karr
La actriz:
Margarita Xirgu
El neurótico:
Woody Allen
El atleta:
Fermín Cacho
El arquitecto:
Antoni Gaudí
El enemigo:
Lluís Domènech i Montaner
El cronista:
Josep Pla
La pintora:
Lluïsa Vidal
El escultor:
Joan Miró
El trampantojista:
Josep Maria Sert
El sinestésico:
Rubén Darío
La dramaturga:
Rosa Maria Arquimbau
La cantarina:
Sílvia Pérez Cruz
El dramaturgo:
Roberto Bolaño
El moribundo:
Jaime Gil de Biedma
Los hermanos:
José A., Juan y Luis Goytisolo
El bigotudo:
Freddie Mercury
El baloncestista:
Magic Johnson
El ladrón:
Jean Genet
El egipcio:
Terenci Moix
El huido:
Antonio Machín

La soprano:
Montserrat Caballé
El violagambista:
Jordi Savall
La directora:
Núria Espert
El tirador:
George Orwell
La periodista:
Montserrat Roig
La palomera:
Mercè Rodoreda
El gramático:
Pompeu Fabra
El poeta:
Antonio Machado
El dibujante:
Josep Bartolí
El mago:
Gabriel García Márquez
La poetisa:
Cristina Peri Rossi
El pianista:
Enrique Granados
El cuerdo:
Pere Calders
La inspirada:
Rosa Regàs
El informalista:
Antoni Tàpies
La activista:
Maria Aurèlia Capmany
El infiltrado:
Josep Maria de Sagarra
El extraterrestre:
Eduardo Mendoza
El detective:
Manuel Vázquez Montalbán
El gitano:
Juli Vallmitjana
El editor:
Carlos Barral
La agente:
Carmen Balcells
El científico:
Marc Pau Coixí
El ayudante:
Biscuter
La piloto:
Mari Pepa Colomer
El tertuliano:
Pompeu Gener
La bailaora:
Carmen Amaya
El anisero:
Federico García Lorca
El pensador:
José Ortega y Gasset
El cinéfilo:
Vicente Molina Foix
El apasionado:
Antonio Gala
El médico:
Gregorio Marañón
La pedagoga:
María de Maeztu
El egiptólogo:
Salvador Espriu
La traductora:
Ana María Moix
La promesa:
Rosalía
El simbolista:
Santiago Rusiñol
La lírica:
Victoria de los Ángeles

«El día que se acabó el mundo
me pilló en el cruce de la Quinta con la Cincuenta y siete.»

Carlos Ruiz Zafón

Prólogo

La sombra a seis mil kilómetros

El escritor: Carlos Ruiz Zafón

El fin del mundo lo pilló en el cruce de la Quinta con la Cincuenta y siete. Venía de intentar leer bajo la sombra de uno de los cerezos más negros de Central Park, entre la laguna y el zoo. Tenía previsto pasar cuatro días en la ciudad, dos de ellos en el parque, leyendo. Era una de sus escapadas por placer, pues vivía en Los Ángeles. Tras las Olimpiadas de 1992, se fue de Barcelona, su ciudad natal, y se mudó a aquella tierra irresoluble, gigantesca, inabarcable. Quería ser escritor.

Millones de ejemplares vendidos después, era igual de reservado y tímido que siempre y seguía prefiriendo la vida en Norteamérica, donde no era tan reconocido como en Barcelona. Decía que le gustaba sentirse «como un cocodrilo en un zoo»: solo salía de las aguas cuando a él se le antojaba.

Aquel aciago día de junio, ningún cocodrilo del zoo de Nueva York asomó la cabeza, pero el resto de los animales, más inquietos de lo habitual, entonaron una sinfonía de rugidos y alaridos. Y Zafón, a quien cualquier ruido le sacaba de la lectura, decidió marcharse del parque e ir a la Cincuenta y cuatro con la Sexta Avenida. Buscaba la esquina donde solía tocar vestido de vikingo uno de los mejores músicos de la ciudad: Moondog.

Encendió el discman y escuchó un recopilatorio de los trabajos de aquel compositor estrambótico, ciego desde los dieciséis años. Moondog mezclaba la clásica, el jazz y la música nativa americana de manera prodigiosa, y en lugar de tocar sus melodías en óperas de medio mundo, con instrumentos que él mismo había inventado, había preferido hacerlo en las calles neoyorquinas, donde vivió al raso durante mucho tiempo, justo en la esquina hacia donde se dirigía el escritor.

A tres manzanas de allí, un semáforo en rojo lo detuvo. En ese momento sonaba *Symphonique #3 (Ode to Venus)*, una pieza que le recordaba a los últimos cuartetos de cuerda de Beethoven, melancólicos y devastadores. Miró con curiosidad a los turistas que se fotografiaban delante de cualquier cosa que se tuviera en pie en Midtown Manhattan. Y, cómo no, frente al escaparate de la mítica tienda Tiffany & Co., al otro lado del paso de cebra.

Entonces algo lo sacó abruptamente del ensimismamiento. Un hombre lo agarró del hombro y lo giró hacia él: un predicador callejero que repartía folletos y anunciaba un mensaje a gritos. En contra de lo que parecía, no anunciaba el fin del mundo:

¡América acoge a todos, hasta a las ciudades!

El escritor se liberó airado y lo maldijo; le incomodaba el contacto físico con desconocidos. El semáforo se puso en verde y cruzó la calle colocándose la chaqueta. Pero a mitad del paso de peatones frenó y volvió la mirada hacia el predicador. ¿Le había hablado en catalán? El hombre gritaba en inglés, pero juraría que se había dirigido a él en un perfecto catalán.

La luz del semáforo empezó a parpadear avisándolo de que debía apresurarse, y terminó de cruzar. Se notó indispuesto. La voz del hombre lo había desorientado y le hizo sentir por un instante que estaba en dos lugares al mismo tiempo: Barcelona y Nueva York. A veces sufría ese tipo de dolencias psíquicas. Padecía muchos problemas de salud, la mayoría imaginarios.

Apagó el discman y cambió de ruta. Decidió ir a la catedral de Saint Patrick. La tenía a unos metros y solía encontrar calma en las iglesias. Su afición por la música solo era igualable a la que sentía por la arquitectura. Entre tanto bloque recto, las bóvedas de crucería y los arcos apuntados neogóticos lo transportarían brevemente a Cataluña. El cuerpo, por alguna razón, se lo pedía.

Las puertas de la catedral estaban cerradas. Subió la escalinata y leyó un cartel escrito en inglés. No le dio tiempo a descifrar el mensaje. Una explosión descomunal se escuchó en toda la ciudad, rompió la barrera del sonido y provocó una onda expansiva que percibieron todos los neoyorquinos; quebró algunos cristales y movió los ladrillos sueltos de las fachadas y estremeció a los pájaros de gris humo y alteró la piel de los estanques y deshojó las copas de los castaños. Después, un silencio breve dio paso a cientos de alarmas y a voces asustadas que se iban tornando cada vez más corpóreas.

Zafón volvió a la Quinta Avenida. Quiso comentar con algún transeúnte el origen de aquel estruendo. Le llamó la atención que todos se dirigieran aprisa en una misma dirección. Logró que una mujer con un carrito le hiciera caso:

—¡Algo está pasando en el mar! Lo acaban de decir en la radio.

No le quedaba otra. Se unió a la euforia colectiva y, si bien no corrió, pues desde hacía un tiempo le afectaba un mal de estómago que se lo impedía, descendió lo más rápido que pudo la avenida hasta llegar al mirador de la Estatua de la Libertad. La escultura, como todos, miraba hacia el océano.

Las aguas del puerto de Nueva York estaban agitadas y lucían un tono pardo que auguraba tormenta pese a que el cielo estaba despejado. Zafón quería ver qué traía el mar. Logró tomar un taxi de milagro. Le pidió que lo condujera al puente Verrazano-Narrows, desde donde se podían ver los barcos venidos de ultramar y la bahía completa, la superior y la inferior, aunque el puente no fuera peatonal, supuestamente para evitar los suicidios. Solo se podía caminar por él dos veces al año: el día de la maratón de Nueva York y el del tour ciclista Five Boro, pero pensó que desde sus inmediaciones tendría una buena panorámica del horizonte oceánico.

Al taxista le llevó un buen rato llegar, pese a que había tomado la autovía de la Costa Este y la Interestatal 278, y no la ruta más obvia, que lo habría encajonado en la cuadrícula de Manhattan, saturada tras la explosión. Ellos también pillaron atasco, aunque ya a la altura de la navideña barriada de Dyker Heights. Desde allí solo había un par de kilómetros cuesta abajo hasta el puente. El escritor, impaciente, los recorrió a pie.

Se alegró de ver que el atasco había colapsado el puente y que los curiosos habían cortado el tráfico y transitaban sobre él. Cruzar aquel enlace a pie era un privilegio. Cuando llegó al centro, apenas cabía un alfiler. Todo Manhattan estaba allí. Y el escritor esbozó la misma cara de incomprensión que el resto: un cielo oscuro se aproximaba desde Europa. Si el viento no se calmaba, la ciudad de Nueva York sería cubierta por la negrura más intensa que había visto nunca.

Le vino a la cabeza algo de lo que solían acusarlo sus amigos: siempre que iba de visita a Barcelona, llovía. El escritor, decían entre risas, llevaba las nubes adonde fuera.

La turbamulta enmudeció y muchas manos señalaron hacia el océano. Zafón también vio cómo, en mitad del mar, un barco ingente se dirigía hacia ellos. Era incluso más alto que los pilones del puente, que superaban los doscientos metros.

«Debo de estar soñando», se dijo, pues el barco cargaba con el templo expiatorio de la Sagrada Familia de Barcelona, el mismo en el que se había colado tantas veces de pequeño, el que pensaba que nunca vería terminado y que entonces había cruzado el océano con sus dieciocho torres levantadas. Por si fuera poca la sensación de alucinación, desde la proa, un viejo de ojos azules y barba prominente, con un aspecto idéntico a Antoni Gaudí, avisaba a los neoyorquinos del motivo de su llegada:

—¡Se está muriendo! ¡Barcelona se muere! ¡Una oscuridad total rodea la ciudad!

El escritor no acababa de creer lo que veía, pero la imagen era tan funesta que sintió que tenía que avisar a sus amigos y familiares. Se alejó del centro del puente y varios latigazos en el vientre lo doblaron. Se enderezó a duras penas para sacar el teléfono y llamó a Antonia, su agente, que vivía en Barcelona. Estaba seguro de que ella podría dar la voz de alarma, que conseguiría, tal y como pedía desgañitado el viejo Gaudí desde la tarima del barco, evacuar a los barceloneses. Mientras marcaba, escuchó la voz de un policía que iba sobre un caballo:

—¡Volved a tierra! ¿No veis que viene hacia aquí? ¡El puente no resistirá! ¡Volved a tierra! ¡Dad media vuelta ya!

Zafón se quedó quebrado de dolor entre dos coches con el móvil en la oreja. Contaba los tonos. Temía que, tras el noveno, se cortara la llamada.

Era tarde cuando sonó el teléfono. Lo oyó desde la cama. Solía dejarlo fuera del cuarto para no consultarlo durante la noche. Por suerte, pese a la diferencia horaria entre Nueva York y Barcelona, no se había dormido todavía.

Se levantó de inmediato y caminó a tientas hacia el pasillo. Sabía que no eran horas para llamar a nadie y, en cierta forma, presentía la razón de la llamada. Vio el número y cerró los ojos como quien no quiere escuchar una mala noticia.

—Antonia, disculpa la hora.

—No te preocupes. ¿Qué ha pasado? ¿Seguís en el hospital?

—Nos echan ya. Carlos no ha aguantado más. Avisa en Barcelona, por favor. Diles que se le apagó la luz.

I

La invitación

La veinteañera: Carmen Laforet

Se quitó la venda de los ojos cuando sus pies desnudos empezaron a pisar libros viejos abandonados. Buscó a tientas el dintel de la entrada, se agachó y metió el brazo por detrás de una estantería. Encontró el viejo interruptor rotativo y lo giró, y una luz resinosa, lenta como miel cayendo por una pared de asfalto, se deslizó en la sala.

Cerró la puerta y fue mirando una a una las desordenadas estanterías hasta que encontró la sección dedicada a la literatura catalana y, allí, el libro que tanto deseaba leer desde que se había mudado a Barcelona: *Flores marchitas*, de Josefa Massanés, la primera autora del país en animar públicamente a las mujeres a escribir. Pero, al cogerlo y hojearlo, algo ocurrió que hizo que pospusiera la lectura: una nota cayó al suelo de entre sus páginas.

Se trataba de una invitación a los Juegos Florales, que, en lo que le pareció una casualidad milagrosa, tendrían lugar esa misma noche. Una ceremonia secreta de escritores, según la breve descripción. Era como si la biblioteca, que tanta compañía le ofrecía en los días grises, que eran casi todos, quisiera brindarle una oportunidad.

La dirección estaba manuscrita por detrás: calle de la Ciutat, número cuatro. Recordó haber visto un plano de Barcelona en la galería acristalada del paraninfo que, bajo unas bóvedas glaucas, conectaba el ala izquierda del edificio con el resto de la universidad. Iría a consultar el callejero y preguntaría a algún profesor de su confianza si estaba al corriente de la reunión. Dobló la invitación y se la guardó en el bolsillo de la falda. Escondió el libro de Josefa detrás de varios ejemplares y abandonó el lugar.

La biblioteca de Filosofía y Letras tenía dos partes: una visible y otra clandestina. Para acceder a la segunda había que trazar un itinerario que los alumnos más avezados habían aprendido en clase de Literatura. Los profesores les hacían recorrer y memorizar el camino con los ojos vendados para que consiguieran orientarse en el paisaje laberíntico. La razón de tanto secretismo se debía a la situación del país. Era 1941. Terminada la guerra, Franco había destituido el estatuto universitario y prohibido el uso del catalán en las aulas. El caudillo había ordenado aplacar cualquier resistencia y calcinar tanto la carne como el papel. Sus secuaces habían depurado el sistema educativo, se habían quitado de en medio a la mayor parte del profesorado, habían dejado a los alumnos sin libros de texto, sustituidos de forma provisional por el catecismo, y llenado de símbolos franquistas y tradicionalistas las aulas: crucifijos, retratos de Franco, carteles con emblemas políticos... También habían dejado una silla vacía en cada clase; debían tener presente al *caído por Iberia*, pero solo al fallecido en el bando sublevado. El otro no era considerado *hombre de Dios*.

Para salvar los libros de las llamas, los bibliotecarios desafectos al régimen habían escondido los escritos en catalán en las zonas menos transitadas de las bibliotecas, junto a las obras de ideología contraria a la flamante dictadura. Por eso, la sección clandestina estaba atestada de libros; eran tantos que había que entrar descalzo para no estropear los ejemplares que cubrían el suelo.

Carmen buscó la calle señalada en el plano de la ciudad. Estaba justo detrás del ayuntamiento. Memorizó la ubicación y se marchó de la galería.

Antes de abandonar la facultad, se dirigió al paraninfo a ver a uno de sus profesores. Aquella pieza era uno de los salones universitarios más bellos de la península. De estilo mudéjar, con toques platerescos y alhajas orientales, el salón deslumbraba por su originalidad y sus alabastros policromados, propios de un palacete andalusí. El profesor estaba preparando una clase sobre teatro clásico.

La joven se aproximó a la cabecera de presidencia y lo saludó. Se aseguró de que estaba solo antes de mostrarle la invitación. El hombre tomó el papel y sonrió. Señaló las iniciales que firmaban la carta, las del presidente del encuentro en la sombra: *C. R.*

—¡Carles Riba! ¿Lo recuerda? Lo he nombrado varias veces en clase. Sus traducciones del griego son excelentes, en especial las de Anacreonte y algunos aforismos de Heráclito. Pero no sé por qué firma la invitación. Él no estará en los Juegos este año. Tuvo que exiliarse. Como casi todos.

—¿Qué son los Juegos Florales?

—Son algo así como una justa de escritores, una celebración en la que se alzan unas voces contra otras. Y pocos tienen el privilegio de ser invitados.

—¿Cree usted que sería impertinente asistir?

—¿No estaba preparando una novela? Algo de una isla y sus demonios.

—Sí, pero la he dejado a un lado. Quizá lo haya dejado todo a un lado.

—¿Cree que la nota llegó a sus manos por casualidad? Señorita Laforet, vaya sin ningún miedo. ¡Sus primeros Juegos Florales! ¡No los olvidará! Ni usted ni esta ciudad.

—¿Por qué dice eso?

—Yo digo muchas cosas y la mayoría no quieren decir nada. Acuda al encuentro y no comparta con sus compañeros la naturaleza de la reunión. Como le he dicho, solo deben ir los que encuentran la invitación. Sabe llegar a las manos oportunas. ¡Y pierda cuidado, que es una fiesta afable! No indague demasiado sobre ella, déjese sorprender.

—Le agradezco que me anime. Quizá vaya.

—¡Claro que irá! Duerma algo, que la noche será larga. La más larga de su vida. Quizá nos veamos por allí. ¿Quién sabe? *Vinga! Vagi-se'n a dormir!*

Carmen obedeció y se marchó sin detenerse, como solía hacer, ante los destrozos que habían provocado en la universidad los bombardeos de la guerra. Lo que sí que llamó su atención fue la escultura dedicada a Ramon Llull, que, junto a las de Alfonso X, Luis Vives y san Isidoro, daba la bienvenida en el vestíbulo. Los ojos de la estatua, que estaban dirigidos hacia el cielo y eran ajenos al texto que sostenía en las manos, habían sido vendados. La venda estaba mojada y goteaba. Parecía a todas luces un acto de vandalismo, o quizá, pensó, alguien le había puesto la banda para que no lo vieran llorar.

La recibió un cielo plomizo. Pensó con tristeza que aquella ciudad en la que había nacido no la quería. Echaba de menos la amplitud de las islas Canarias, donde se había criado. Barcelona la asfixiaba; notaba la presión de las construcciones apiladas alrededor de ella y el oxígeno plúmbeo que despedía una ciudad de más de dos mil años construida de espaldas al mar. Se sentía minúscula e insignificante, como si las fachadas se le echaran encima. Miraba al cielo y veía cómo se juntaban las azoteas de ambos lados de las calles, que se le hacían cada vez más angostas, similares a los rostros de la gente. Y los pasos le pesaban como si llevara apuntalados en los talones zuecos de acero. Salvo en el refugio que le ofrecían los libros, las aulas y la oscuridad de su dormitorio, la atmósfera de la ciudad le era lóbrega y lúgubre, atenazadora.

Vivía con sus tíos en el número treinta y seis de la calle Aribau. El trayecto que recorría de la universidad a su casa era breve, pero suficiente para apreciar la desolación que la posguerra estaba grabando en la orografía urbana. La instauración de la dictadura había propiciado que las umbrías se tornaran más tupidas y las calles más estrechas. Sin apenas espacio, el viento languidecía y se desplomaba, y se imponían los olores nauseabundos. Los transeúntes llevaban pañuelos y velos para cubrirse el rostro y caminaban gibados y con sombrero para no cruzar la mirada con nadie. Ni siquiera en los días soleados cambiaba el ambiente. El miedo deformaba los cuerpos y solo se adivinaban siluetas enlutadas, rostros esquivos y auras infectas. Parecía como si Dios hubiera cosido con crespones la ciudad. La que había sido la villa más viva del Mediterráneo era entonces la más muerta, un cadáver masacrado por la guerra y la más feroz de las represiones.

Carmen no era ajena a todo ello. Se consolaba ideando las escenas que algún día escribiría. No quería hacerlo en Barcelona, sino en Madrid, adonde pensaba trasladarse en cuanto acabara el curso. Pero aquel día algo había cambiado en ella. La invitación a los Juegos Florales le había reavivado la esperanza que había perdido en pocos meses. «Quizá sí hay un alma literaria en esta ciudad, pese a las manos azabaches que castigan a los que piensan por cuenta propia.»

Subió deprisa la calle que la llevaba a casa. Debía dormirse si quería estar despejada a medianoche. Al edificio se entraba por uno de los chaflanes de las más de doscientas manzanas que formaban el corazón de la ciudad: el célebre Eixample, el distrito cuadriculado que se desarrolló durante la Revolución Industrial. Se limpió las botas en el raspador de barro de la entrada y se abalanzó sobre las escaleras. Con la prisa, no saludó a su vecina.

—¡Andrea, que los vecinos no somos de piedra!

La vieja la había llamado así desde el primer día que había pisado el bloque. Carmen había intentado recordarle su nombre, pero había desistido ante la pésima memoria de la mujer. Había llegado a sospechar que lo hacía a propósito.

Pensó en lo extraño que era darse prisa para dormirse de día. Entró, se descalzó y se acercó al salón para decirles a sus tíos que se sentía indispuesta y que no la esperaran para la cena, que se iba a acostar y que dormiría hasta la mañana siguiente. Sus familiares estaban en mitad de una disputa por el precio desorbitado que había pagado el tío por un escabel que había comprado en Sant Gervasi al salir del funeral de un primo lejano. La tía le reprochaba que a quién se le ocurría comprar un mueble tras un entierro, que las almas de los muertos se apegaban a cualquier material vivo y que la madera era, de entre todos los materiales, el que más vida tenía; y que si ahora ya era tarde, porque el alma habría saltado del taburete a los muebles de la casa, y que quizá se tendrían incluso que mudar. Carmen se excusó y se encerró en su cuarto. A la familia le era indiferente contar o no con su presencia el resto de aquel moribundo día otoñal.

La veinteañera improvisó dos tapones de oídos con unos algodones mojados en aceite. Lo hizo sin mirarse las manos; no le gustaban. Le parecían enormes. Se metió en la estrecha cama, se cubrió el cuerpo y la cabeza con la sábana y con la tosca frazada de pelillo recio, rascándose el cuerpo antes de que las chinches acudieran a sus tibias carnes, y se propuso despertarse poco antes de la medianoche.

Los Juegos Florales la esperaban.

2

Los Juegos Florales

La presidenta: Dolors Monserdà
El violonchelista: Pau Casals

Carmen no despertó hasta pasada la medianoche. Se vistió con lo primero que tenía a mano y corrió hacia el casco antiguo. Se maldijo durante los dos kilómetros que había entre su casa y la dirección señalada.

No prestó atención al paisaje nocturno de la ciudad. Descendió absorta las ordenadas avenidas del Eixample y las enmarañadas callejuelas del centro. Conocía bien el camino, aunque nunca lo había recorrido tan tarde. No le extrañó no ver ni un alma. No eran horas para caminar por la zona vieja, formada por el Gòtic, el Chino y la Ribera. La ciudad solía volverse hostil.

Para cuando llegó al lugar del encuentro, el reloj marcaba la una. El edificio en el que la habían citado estaba unido al ayuntamiento por una pasarela gótica. Debajo de la unión arquitectónica manaba el agua de una fuente. Había pertenecido a una iglesia dedicada a san Miquel que antaño había ocupado parte del recinto junto con otro templo, el primero dedicado a san Jaume, del que solo quedaba parte de la estructura interna: los arcos de la galería gótica del patio del consistorio. El rostro de una ciudad tan antigua cambiaba cada siglo los gestos, pero nunca completamente los huesos.

Carmen advirtió entonces la presencia al final de la calle de una pareja que se aproximaba. Se escondió en la sombra del zaguán de un palacio vecino. La mayoría de los escritores formaban parte de la burguesía catalana, así que presintió, por la forma afectada en que vestían, que eran invitados a la fiesta. Y acertó, pues entraron en el edificio. La puerta se abría desde fuera con una maniobra de tracción, agarrando bien la aldaba y ejerciendo una leve presión en la jamba derecha. La veinteañera esperó a que desapareciera la pareja y repitió el procedimiento.

El interior no la maravilló. La decoración era simple y la estancia estaba iluminada por apenas un candelabro cada varios metros. Recorrió un laberinto de pasillos de mármol y muros desnudos, subió unas resbaladizas escaleras de cantos pulidos y atravesó varios pasillos hasta que el camino de velas la condujo a la pasarela que unía los dos edificios. La cruzó y llegó a las dependencias del ayuntamiento.

Primero vio una sala de paredes pintadas que representaban una batalla: el Salón de las Crónicas. El espacio estaba casi a oscuras, iluminado solo por dos grandes lámparas asfixiadas. El tono metálico de la pintura mural, casi monocromática, brillaba más que las propias velas, ya que bajo el pigmento el pintor había pegado láminas de plata para que la poca luz se reflejara con fuerza. La sala tenía muchas puertas, pero solo una de ellas llevaba al pasillo; las otras eran simples contraventanas. Carmen no se detuvo y continuó aproximándose a lo que le parecía el bullicio de una fiesta. Pensó que el ayuntamiento no era el mejor lugar para reunirse en secreto, aunque a veces lo más visible pasa más desapercibido.

Se dejó a mano derecha una escalera del mármol más negro que había visto nunca, como el fondo de un ojo, y se adentró en una galería gótica en la que destacaba una enorme puerta renacentista. El jaleo provenía del otro lado, del corazón medieval del edificio, donde los escritores estaban reunidos: el Salón de Ciento. Allí, desde hacía seis siglos, se habían tomado las decisiones que habían moldeado la ciudad. Se acarició el esternón como queriendo calmarse el estómago, que le dolía ante situaciones de estrés por un mal gástrico que arrastraba desde pequeña, y entró.

Se sintió patética, pues nadie se había percatado de su aparición; era tal el gentío que su cuerpo quedó oculto entre la multitud. Era la primera vez que ponía un pie en aquella sala centenaria. Se veía insignificante entre tanta belleza: los cuatro arcos gigantes de medio punto que sostenían el techo del salón, los verdaderos protagonistas arquitectónicos; las telas con la bandera de la ciudad que abrigaban todos los muros de la sala; las lámparas colgantes, de una orfebrería impecable, decoradas con hojas, ramas, velas, cruces de Santiago y, a veces, hasta con murciélagos; una fina sillería, preciosos doseletes sobre las estatuas y el hermoso retablo principal, que parecía haber sido tallado sobre una tabla hecha de hueso; los escudos de los gremios de Barcelona dibujados en el suelo... Todo era exuberante y abrumador.

También los invitados sorprendieron a Carmen. Iban endomingados con trajes de terciopelo, vestidos de encaje, faldas aparatosas con guardainfantes, sombreros insólitos, capas con brocados y tocados antiguos. Le pareció de una sofisticación pasada de moda, o quizá fuera una recreación teatral muy lograda, pensó la veinteañera, que empezó a temer que aquellos Juegos Florales fueran en realidad una fiesta de disfraces y su profesor no la hubiera avisado. Pero al abrazo de las sillerías, allí donde recaían todas las miradas, se erigía un fino atril frente al que tres hombres se preparaban para recitar sus poemas. Sonó el toque de una cucharilla en una copa y los invitados guardaron silencio. Carmen se colocó detrás de un grupo de mujeres y escuchó atenta.

Todos los poemas estaban escritos en catalán. Trataban de temas como la amistad, el honor, la naturaleza, el amor, la guerra... La joven, con los ojos cerrados, dibujaba los versos en el vacío de su mente cuando un caballero de al menos dos metros se arrodilló para preguntarle si ya se había pasado a ver a la reina María Cristina, que esperaba de pie en mitad del Salón de la Reina Regente, la estancia que quedaba a la derecha. Carmen negó con la cabeza y el hombre la animó a que fuera cuanto antes, ahora que la otra sala estaba vacía. Obedeció y acudió a verla. Supuso que se trataría de un espectáculo teatral, pues la consorte de Iberia llevaba muerta casi setenta años.

La veinteañera distinguió en el centro de la sala,

un hemiciclo perfecto, a una anciana vestida de reina. Las vestiduras grotescas, con un polisón descomunal que exageraba sus posaderas, no querían disimular que se trataba de un disfraz. Sin necesidad de maquillaje, se parecía bastante a María Cristina.

—Es su primera vez, ¿me equivoco? —La mujer, ataviada con un moño altísimo, sonreía con todo el rostro y mostraba una dentadura perfecta, pese a que bien podía tratarse de la mujer más vieja de Barcelona. Tenía el rostro redondo, con una papada colgante y muchas cicatrices en la piel que parecían estrías profundas—. Yo no podría decir a cuántos Juegos he asistido ya. Perdí la cuenta. Creo haber sido la mujer que más veces ha participado en ellos, así como la primera que los presidió treinta años atrás. ¡La primera presidenta! Pero me temo que estoy perdiendo mis dotes de oratoria, por eso ya no juego. Mi memoria es una jofaina boca abajo que sostiene el peso de un rinoceronte. Se me resquebrajan los recuerdos y apenas atino a reconstruirlos. Suficiente que puedo reconstruirme el cuerpo, que se me cae a pedazos con tantos años. Tengo más pegamento y costuras que tendones; voy con el acerico y los alfileres a todas partes. ¿Quiere que se lo muestre? Se asustaría. Me he tenido que juntar partes hasta con engrudo de almidón. En otra ocasión se lo enseñaré, quizá, que hoy no puedo abandonar el sitio, pues estoy justo encima de un brasero y, si me muevo, me destemplo. Hay unas rejillas en el suelo bajo las que arden unas ascuas que bien me calientan. Hágase usted una idea del frío que pasaría aquí plantada toda la noche si no. Enhiesta como una vara. ¡Oiga! No me ha dicho si es su primera vez o no.

—Sí, lo es.

—¡Qué tímida, señorita! ¡Espabile! Si no, los hombres se la comerán. Hemos de andar bien despiertas y dejarles claro que no estamos a su merced ni bajo su yugo, *que la intel·ligència no té sexe!* Porque hasta el hombre más querido nos haría firmar para que no escribiéramos nunca más. ¡Así que luche contra su timidez!

—Algo tímida sí que soy.

—Y extranjera. Su acento la delata.

—Nací en Barcelona, pero me crie en las islas Canarias.

—¿Cómo se llama?

—Carmen. ¿Y usted?

—No sé si decírselo. No me creería.

—¿Por qué no?

—Porque, según los libros de historia, morí hace más de veinte años. En parte es cierto. Pero, en realidad, no lo es. No se asuste. Mire, se lo voy a contar. Total, se acabará enterando... No soy la reina María Cristina, eso es bastante obvio, pero soy otra persona que, según los registros, también falleció. Soy... Dolors Monserdà. —La mujer hizo una pausa dramática y esperó a que la joven se sorprendiera, pero Carmen ni se inmutó, pues asumió que se trataba de parte del espectáculo. La vieja continuó hablando—. Los aquí presentes piensan que soy una actriz disfrazada de la reina consorte, porque todo el mundo se creyó mi muerte en el año 19. ¡Pero soy Dolors! —Carmen empezó a sentirse confundida y a dudar de lo más elemental—. ¿Quién se pensaba que era?

—¿Una actriz haciendo de Monserdà?

—Menuda imaginación la suya. ¿Una actriz de noventa años haciéndose pasar por una escritora muerta que, a su vez, se hace pasar por la difunta reina de Iberia? ¡Deje esas naderías para sus escritos!

—Disculpe.

—En cualquier caso, aquí usted es más relevante que yo, así que vayamos a lo fundamental: los Juegos Florales. ¿Participará en ellos?

—¿Se puede?

—¡Así es! Atrás quedaron los años en los que solo podían participar hombres. Ya no volverá a ocurrir nada parecido a lo de Caterina, en 1898, que tuvo que hacerse pasar por un hombre. Vino con un frac y una barba hecha de lana pegada al gaznate. Pero ganó y se destapó el pastel.

—¿Está ella aquí hoy?

—Se quedó en su casa de L'Escala. Está mayor y, con lo tremendista que es, lo inundaría todo con sus dramas. La pobre ha seguido publicando con el pseudónimo de Víctor Català. Aunque ahora, tal y como están las cosas, como soltemos una sola palabra en catalán, nos cercenan la lengua. ¡Pero no agüemos la fiesta! Va, participe en los Juegos. Lea algo. Si ya ha llegado hasta aquí es porque algo tendrá que decir. ¡O nada!

—La verdad, todavía no he escrito. Lo tengo todo en la cabeza.

—Pues recítelo. Hay varias categorías, varios premios.

—¿Pero en qué consisten los Juegos? No me lo ha explicado nadie todavía.

—¡Pues sí que está verde! Son una fiesta en la que se recitan versos y se premian los mejores. Surgieron hace siglos en Toulouse como un movimiento para recuperar el mundo medieval de los trovadores, pero hoy en día se celebran para darle al catalán un uso más elevado. Hay tres grandes premios: la Flor Natural, para la mejor poesía de amor, la Viola de Oro, para el mejor poema religioso, y la Englantina de Oro, a la mejor poesía patriótica. Y es que, como dice la canción, los escritores somos *gent de «flors i violes i romaní»*. ¿En qué categoría participará?

—De verdad que en ninguna. No tengo las palabras, solo una nube de ideas en la cabeza, que ahora mismo es un recodo húmedo de naturaleza muerta.

—¡Mire! Acaba de crear un verso precioso.

—Lo siento mucho, pero no participaré. Además, yo no hablo catalán. Y no se me dan bien los idiomas. Lo siento mucho.

—Bueno, no se desmotive. Es cuestión de ponerse. No obstante, debería empezar a escribir todo lo que le venga a la mente, y cuanto antes. Y ahora, por el arrojo que ha tenido al venir hasta aquí sola y a su edad, la voy a obsequiar con algo especial. —La presidenta se sacó de la falda una bolsa de ganchillo que envolvía un viejo cuaderno en blanco. Arrancó una hoja y se la ofreció a la joven—. ¿Tiene para escribir?

—Sí.

—Pues escúcheme con toda la atención del mundo. Esta hoja no es cualquier cosa. Lo que escriba aquí se hará real, como un deseo concedido. ¿Cómo si no iba a seguir yo viva tantos años después? —Carmen observó el papel buscando algo diferente o mágico en él—. Eso sí, para que el deseo se cumpla tiene que quemar la hoja, o solo se cumplirá parcialmente. ¡Pero ojo con lo que desea! La literatura no solo afecta a quien la escribe; también a los personajes y a los lectores. Ahora regrese al salón y disfrute del resto de la velada. ¡Va! ¡Vuele!

Carmen obedeció y llegó al salón sin saber para qué se guardaba la supuesta hoja mágica. No logró prestar atención a los poemas; solo le daba vueltas a la conversación que había mantenido con la anciana. Media hora de lectura después, un grupo de once músicos, agrupados en una cobla, interpretó la sardana menos festiva que conocían: el *Cant trist*, de Fèlix Martínez i Comín. Sus veinticuatro compases tristes parecían presagiar la historia de este libro.

Acto seguido, el público se sentó en el suelo para no superar la altura del siguiente músico, que, abrazado a un violonchelo construido a partir de una calabaza gigante, iba a tocar para ellos. Se llamaba Pau Casals. La veinteañera no lo sabía, pero estaba ante uno de los compositores más importantes de todo el siglo. La pieza que tocó llenó el ambiente del olor caramelizado de la calabaza, de un aire otoñal y melancólico: la cuarta variación Kakadu de Beethoven. Lo acompañó una pianista. Carmen se quedó casi toda la noche, hasta que dejaron de recitar y de tocar y pasaron únicamente a beber y fumar. Quiso despedirse de la presidenta, pero no la encontró.

Salió del edificio deshaciendo sus pasos por el laberinto de pasillos. Era tarde, deducía que alrededor de las cinco de la mañana. Todavía no se atisbaba ni un ápice de la claridad del cielo más celeste de todas las ciudades del mundo ni de los haces de luz azarcones y corales que se crean en el techo de Barcelona, disparos luminosos del prisma formado por el abrazo de la montaña y el mar. Pese a la noche cerrada, no sentía miedo. Había salido de la ceremonia confiada y con gran necesidad de escribir los versos más importantes de su vida. Como no quería hacerlo en el asfixiante apartamento de su familia, buscó un recodo tranquilo en el casco viejo.

Salió a la plaza de Sant Jaume, la atravesó y subió la estrecha calle del Bisbe. Le llamó la atención el escaparate de la célebre cerería Codina, iluminado por una vela que, prometían sus dueños, aguantaba encendida toda la noche. Y parecía que era cierto. Después pasó por debajo de otra bellísima pasarela gótica y llegó hasta el Pla de la Seu, frente al que se erigía la catedral neogótica. Aquel templo no era tan viejo como parecía, al menos no la fachada, que había sido construida apenas cincuenta años atrás por el deseo de un empresario, un banquero apellidado Girona. Pero albergaba un claustro precioso donde crecían magnolios salvajes que florecían todo el año y en el que vivían trece ocas. Carmen se acercó hasta la puerta principal y miró a través de la junta. Quería descubrir la belleza del patio, pero no vio nada.

Rodeó el templo por la izquierda y tomó la calle de los Comtes hasta llegar a una discreta plazoleta llamada de Sant Iu. Desde allí apreció que, en aquella fachada de la catedral, a la altura de la segunda planta, había una puerta de madera que daba al vacío. Desconocía con qué fin la habrían construido y si alguien, alguna vez y desde adentro, la había abierto y se había estrellado contra el empedrado de la calle.

Se sentó en la plazoleta, sacó su pluma, de la que nunca se desprendía pese a no haber escrito nada hasta la fecha, y desplegó la hoja de papel que le había dado la nonagenaria. Miró a su alrededor y esperó la inspiración para encontrar las palabras precisas. Varias campanas llamaban a maitines repicando dulcemente. Se preguntó si, en la soledad de la noche, las más de doscientas gárgolas de la catedral y el caracol esculpido siglos atrás en una de sus torres se habían movido y orientado hacia ella, probablemente la única joven de su edad sola a esas horas en las calles de la ciudad. Carmen escudriñaba los relieves tallados del templo en busca de las palabras que se le resistían. Sabía que, cuando escribiera la primera línea, el resto vendría solo, que bastaría con que fuera capaz de desacralizar el acto de la escritura. Pero no se le ocurría nada.

¿Qué deseo podía pedir?

Cuando se quiso dar cuenta, la claridad del día ya se adivinaba en lo alto. La presencia de la luz, de aquel primer azul acero, la puso de mal humor. Decidió que pediría lo que más necesitaba en aquel momento para volver a alcanzar la inspiración: la oscuridad que el día le estaba robando, sin reparar en lo que la anciana le había advertido, que aquel papel haría realidad lo que en él escribiera.

Quiero ver la catedral envuelta en el encanto
y el misterio de la noche.
En una noche eterna, una noche de los tiempos.

3

La fotografía negra

El fotógrafo: Julio Cortázar

Soltó la pluma y un sutil temblor de tierra y una bofetada de viento seco recorrieron la ciudad una sola vez. Carmen miró al cielo y apreció un color que no era el del amanecer, más lánguido, como si un encaje de color hueso hubiera tapado el sol. Aquella luz entre la vida y la muerte hizo que la invadiera una sensación fría de desamparo, de madre fallecida y raíces extirpadas, que terminó achacando a la falta de sueño.

Se levantó del tranco y se marchó. Quemaría la nota en casa. No tenía con qué prenderle fuego y temía llamar la atención de los primeros trabajadores. Rodeó la catedral y le pareció escuchar a lo lejos un ruido de piedras rodando, golpes sordos inconstantes y graves. «No puedo vivir de noche y dormir por la mañana; no en un mundo en el que la noche tumba y el día despierta.» Recorrió varias calles de trazado irregular y adoquines imperfectos y llegó al límite entre la parte medieval y la moderna, donde vio algo que la hizo detenerse. «¿Cómo es posible que hayan levantado un muro así en tan solo una noche?» La veinteañera se quedó paralizada en mitad de la avenida del Portal de l'Àngel al contemplar la muralla que había aparecido entre la plaza de Catalunya y el Gòtic, que contenía un enorme arco que hacía de entrada al casco antiguo. Pero apartó la mirada de la construcción al oír el sonido de una campanilla. Se giró y vio abalanzarse sobre ella un inmenso número treinta y ocho. No se había dado cuenta de que un tranvía ascendía la calle hacia la plaza Rovira, ni del conductor vestido de rayas que, asomado a la ventanilla amarilla, tocaba la campana con el rostro desencajado; ni de las chispas que soltaba el vehículo. De no ser por el empujón que le propinó un hombre con una cámara colgada al cuello la habrían atropellado.

—Chica, ¿qué hacés? ¿No escuchaste la campana? ¡No podés pararte en mitad de la calle como si nada! En esta ciudad están empeñados en que los mate un tranvía.

—Lo siento mucho, yo... Me quedé en Babia con la..., la muralla.

—¿Qué muralla?

—Esa de ahí. Antes no estaba, es nueva, y...

—Eso tiene que llevar ahí más años que vos y que yo. ¿Pensás que es nueva?

—La verdad es que no, pero pasé anoche por aquí y no estaba. ¡Ni el arco!

—Escuchá, tenés que andar con ojo, ¿sí? De no ser por mí, ahora no estaríamos hablando. No podés quedarte embobada de esa manera. ¡Ni los ciegos del arco son tan descuidados! —Junto a la muralla, varios invidentes descansaban en el suelo.

—¿Son todos ciegos? —respondió Carmen, con la mano todavía en el pecho, sin creerse la suerte de estar viva. Observó que el hombre vestía un tipo de ropa que no había visto nunca, colorida y ligera.

—No lo sé. Antes me paró uno de ellos, un valenciano que sí ve. Está emperrado en que ha visto un ángel. ¡Pero el ángel lo has debido de ver vos! ¿Sos de fuera?

—No. Soy de aquí. Bueno, soy y no soy.

—Como todos.

—Nací aquí, me fui y hace nada volví, pero me quiero ir pronto.

—¿Adónde?

—A Madrid, supongo. ¿Y usted?

—Soy argentino. Nací en Bélgica, pero como quien nace en un avión. Patria chica y grande me son la Argentina. Me llamo Julio. ¿Y vos?

—Carmen. ¿Es usted fotógrafo?

—Solo cuando sujeto la cámara, y no lo hago casi nunca. La agarré porque siempre que atravieso una ciudad a pie busco a la Maga, y, si no pudiera atraparla, al menos podría guardar su imagen para mí.

—¿Quién es la Maga?

—Lo sabré cuando la encuentre. Ahora tengo que irme. ¿Seguro que estás bien?

—Sí. Muchas gracias. ¡No sé cómo agradecérselo!

—Che, quizá suene algo extraño, pero ¿puedo sacarte una foto? Quiero inmortalizarte; creo que sos la primera persona a la que le salvo la vida.

Carmen aceptó. Miró a la cámara ruborizada y tocándose nerviosa los zarcillos, intentando atemperar los nervios. Detrás de ella, la esquina de una gran sastrería, llamada El Dique Flotante, decoraba la futura instantánea blanquinegra. Se despidió del argentino y subió la calle. Cruzó el enorme arco y miró bien a ambos lados de la avenida por si llegaba otro tranvía.

Seguía escuchando ruidos parecidos a los de una obra, lejanos, y también le pareció no reconocer más de un edificio. Le pesaban los párpados, cortinas de acero, y un dolor de cabeza le nacía en las sienes y le irradiaba hacia la nuca. Tomó la decisión de hacer el resto del trayecto mirando al suelo, ajena al caos de una ciudad milenaria que por momentos le parecía otra.

Y así descubrió un saquito alargado que, abandonado en mitad de la calzada, por poco pisa. Se agachó a recogerlo. Nunca había visto algo parecido. Rompió el envase, hecho de papel, y se llevó el contenido a los labios: azúcar. Vio que había una inscripción: «Si no esperas lo inesperado, no lo reconocerás cuando llegue». Una frase de Heráclito. Recordó que, no hacía mucho, alguien se lo había nombrado.

Se lo guardó en el bolsillo y siguió caminando hacia casa con los ojos apenas entreabiertos, agotada y, para lo jovial que era, con el ánimo apagado.

4

El corazón mustio

El mexicano: Carlos Fuentes
El paciente: Mario Vargas Llosa
La niña: Ana María Matute

El fotógrafo entró en el hospital por la calle del Carme. Atravesó una breve zona techada, llena de orines, y salió al patio interior de la enorme construcción. El Hospital de la Santa Creu estaba en el corazón del barrio Chino, el primer arrabal que se había formado tras el derribo de las murallas medievales que durante siglos habían confinado la ciudad impidiendo su crecimiento. En el patio deambulaban varios mendigos, a los que refugiaban las zonas abovedadas del recinto, además de enfermos que habían salido a tomar la primera brisa de la mañana: portadores del tifus, el piojo verde, la sífilis, la tuberculosis, la escarlatina o la erisipela. Además, varios ancianos jugaban a un ajedrez gigante con piezas de dos metros de altura. Los viejos arrastraban las figuras sobre un tablero dibujado en el suelo, a escaque por baldosa. Junto a ellos, algunos libreros vendían ejemplares viejos.

El fotógrafo atravesó el patio y llegó al banco en el que había quedado con sus amigos, debajo de un frondoso peral que echaba frutos del color de la mostaza. Solo vio a uno de ellos, el del ligero bigote *chevron*.

—¡Caray, casi no llegas!

—Me distraje mientras venía. ¡Salvé la vida de una chica! Casi la pisa un tranvía, la corrí de su camino.

—¿Una figuración literaria?

—No, Carlos. De veras.

—Como si lo literario no fuera acaso real. ¡Más incluso que nosotros!

—Oye, ¿y esta gente? ¿Ruedan una película?

—Yo qué sé. No me he dado ni cuenta de cuándo han aparecido. Estaba leyendo. No sé si serán figurantes, pero algunos parecen bien enfermos.

—¿Y Gabo?

—No viene. O sea, no ha venido, no está aquí. ¿Lo ves acaso?

—Siempre anda con la cabeza en otra parte. Oíme, ¿entraste ya a verlo? —preguntó el fotógrafo.

—No. Te estaba esperando. ¿No ibas a traer la cámara?

—La cámara la dejé en un local donde te revelan las fotos en una hora. Es nuevo, no me sonaba haberlo visto antes. Lo encontré de camino. Está en Conde del Asalto, frente al palacio Güell. ¡En una hora tendrán mis fotos! ¿Viste semejante locura?

—¿Les dio a todos por inaugurar cosas hoy? Porque el conserje del hospital me ha dicho que esta mañana, bajando del Tibidabo en uno de esos tranvías azulinos, le ha parecido ver una torre inmensa llena de espejos en mitad de la ciudad. Y antes vi a dos señoras del brazo hablando sobre unas casas que habían aparecido de la nada en su calle.

—Es cierto que todo se siente como diferente esta mañana. Ni el cielo es muy cielo ni el suelo es muy suelo. Lo mismo la ciudad está mutando, como Mario. A todo esto, ¿pensás que se hará la operación?

—Claro, ya está a las puertas del quirófano. Ya ves cómo es de necio.

—¡Igual de necio que vos, Carlos, que preferís morir en París antes que en tu tierra natal!

—México no es tierra para morir, ¿no ves que te despiertan cada año para el Día de Muertos? ¡A mí, cuando me muera, que no estén chingando! ¿Y dónde hacerlo mejor que en París? En una ciudad llena de vegetación, oxidada y rota.

—No sé qué París conocés vos, pero desde luego que no es la misma que yo.

—¿Y dónde crees tú que te enterrarán a ti? ¡Muy cerquita de mí, Cocó!

—Ya veremos. ¿Vamos antes de que se opere? Al menos, le damos la bendición.

—Dale.

Los escritores subieron una de las dos grandes escalinatas dispuestas a ambos lados del patio y entraron en el hospital. Atravesaron la distancia en ele que los separaba del quirófano. Les llamó la atención un área inaugurada aquella mañana en el vértice que unía los dos pasillos. Se trataba de una zona dedicada a los infectados de una enfermedad causada por un virus desconocido. Según contaban, el virus había surgido hacía poco y se estaba extendiendo sobre todo por la comunidad homosexual. Decían que no había cura para él y que te mataba al poco del contagio. Al pasar por la puerta de aquel recinto, una enfermera, vestida con unos vaqueros y sin cofia, indumentaria que extrañó a los dos hombres, salió a llamar al próximo paciente: «Gil de Biedma y Alba, es usted el siguiente». Un hombre de mediana edad levantó el brazo desde la camilla donde estaba tendido y fue trasladado por un sangrador.

El fotógrafo y el mexicano dejaron atrás la sección preguntándose cómo era posible que hubieran organizado aquella nueva ala en tan poco tiempo. Continuaron por otro pasillo, dejaron atrás una sala acristalada donde dos enfermos de tuberculosis se hacían caricias y se narraban a qué les sonaba el mar a cada uno —el más alto era el escritor Blai Bonet, aunque no lo reconocieron—, y llegaron a la sala donde yacía su amigo peruano. El paciente los recibió con mucha alegría. La visita de unos amigos antes de la intervención quirúrgica era lo que necesitaba. Aquellos hombres, con el ausente Gabo, eran su familia en Barcelona, ciudad en la que estaría cuatro años en total.

—¿No tendrás tú también el virus ese del que hablan? Lo que te faltaba.

—Pues no tengo el virus, pero uno de ustedes sí que lo agarrará, y morirá de ello.

—¿Qué decís? ¿Te metieron ya la anestesia?

—Lo soñé en blanco y negro, y ya saben, que lo que sueño sin colores...

—Pero ¿cómo vamos a infectarnos si no somos homosexuales?

—Digan lo que digan algunos, los virus no entienden de inclinaciones sexuales, ¿no crees? O lo mismo les da a ustedes por descubrir un mundo nuevo.

—¡Bruto! ¿Te operas al final?

—Hoy mismo.

—Más terco que una mula. Te traje un buen vino de diente de león, a ver si te hace cambiar la perspectiva.

—Muy al contrario, me hará más idiota.

Mario había ingresado en el hospital por voluntad propia. No tenía ninguna dolencia física, pero sí una psicológica que solo podía mitigar mediante una intervención quirúrgica. El escritor peruano quería que le movieran el corazón de sitio, de la región izquierda de la cavidad torácica a la derecha. Explicaba que había dejado no solo de pensar como un hombre progresista, sino también de sentir como tal. Quería que la sangre le fuera bombeada en el lado conservador, recto y uniforme del cuerpo. La operación no era complicada en sí, pero no se había hecho antes. Otros escritores habían sufrido aquel cambio cardiaco, pero de forma espontánea y natural, como le había ocurrido a Bernanos, también en Iberia, cuyo corazón se había cambiado de sitio de un salto, o a Céline y a Koestler.

—¿Y a esta niña qué le pasa?

—No lo sé, pero me tiene cojudo. Primero me ponen de compañera de habitación a una embarazada que no deja de joder preguntándome todo el día por un nombre para su hijo. La pesada decía no encontrar ninguno que casara con Sampedro. Yo le aconsejé cualquiera para que se callara. José Luis, creo que le dije... Y ahora, esta niña que atrae tantas luces. Tengo que dormir con antifaz porque a la noche entran por la ventana luciérnagas que bailan a su alrededor.

—¿Sabes lo que te iría muy bien? Untarte los párpados con un poco de zulaque.

—¿Qué es eso?

—Un betún hecho con cal.

—¡Y que se me abrasen los ojos!

—Pobrecita, tan pequeña y ya en un hospital.

—Sus padres deberían hacerse escritores.

—¿Por qué lo dices?

—Porque los escritores nos alimentamos de la miseria y de la infelicidad humanas, como los buitres de la carroña. Y a esta familia, a desgraciada pocas le ganan.

Al lado de la camilla de Mario yacía la niña enferma. El mexicano aprovechó que los padres habían salido para leerles a sus amigos el diagnóstico que el médico había dejado en el cabecero.

> Nombre: Ana María Matute. Sexo: mujer. Edad: ocho años, tres meses y tres semanas. Niña de la guerra. Motivo de ingreso: desfallecimiento continuo. Ingresos anteriores: a los cuatro años, riñón vago. Anamnesis completa: imposible de efectuar. Exploración externa: falta de palabra y ausencia continua; falta cognitiva y geoespacial. Sus padres afirman introspección aguda, dolores corporales y cansancio. Diagnóstico físico: lasitud generalizada, pupilas dilatadas y boca dormida. Diagnóstico literario: sobredosis de realismo traumático. Constantes a la llegada: débiles. Tratamiento: observación y analgesia. Posible alta bajo observación domiciliaria.

—Lleva en trance desde que ingresó. Solo ha abierto la boca para soltar cinco palabras. Tiene solo ocho años, pero dijo algo así como que *vivir siempre es perder cosas*.

—¡Se me puso la piel chinita!

—¡Y a mí!

—Se la van a llevar al campo, a La Rioja. Piensan que es la ciudad la que la enferma. El padre no puede desplazarse; dirige una importante fábrica de paraguas. Por cierto, me han dicho las enfermeras que esta mañana se han encontrado con una ciudad diferente, que no sabían explicarlo, pero todas coincidían en que están apareciendo cosas que antes no estaban. Al parecer, han creído ver a Einstein rodeado de señores de gris.

—¡Todo el mundo lo está notando!

—Yo me di cuenta esta mañana cuando llevé el carrete a revelar. Que me lo tienen listo en una hora, dicen. ¿Cómo es posible?

—Yo no he salido del hospital, pero también lo he supuesto mirando el cielo.

—¿Qué le pasa?

—¿No lo ven? ¿Qué hora es?

—¡Casi mediodía! He de marcharme pronto, que en una hora quedé con Cristina y tengo que pasarme antes por las fotos.

—¿La uruguaya? Al final, ya verás.

—¿*Ya verás* qué? Si no le gustan los hombres.

—Yo que tú no me juntaría tanto con ella —interrumpió el paciente—. Ya te conté una vez ese sueño.

—En el que no venía a mi entierro, ¿no? ¿No podés soñar cosas más bonitas, Mario? O a color, al menos.

—Uno sueña lo que sueña. Si les parece, controlamos también los sueños de los ciudadanos bajo una prometedora y peligrosísima estela comunista. ¡Una democracia liberal y mucha libertad onírica! Eso es lo que nos hace falta.

—¿Qué decías del cielo? ¿Qué le pasa? —Carlos lo desvió del tema político.

—¿No ven que no tiene apenas luz? Y no está nublado.

—Será el sol del otoño, que es más débil.

—No estamos en Escania.

—Pues habrá una nube arriba de él y no la vemos desde acá.

—No sé... Parece que el sol no quiere trabajar hoy, o que tiene miedo. Suele apretar con más fuerza. Está deslucido, como si nos temiera.

—¿No has pensado que tras la operación ya no te saldrán metáforas tan rotundas?

—Sí, claro que lo he pensado, pero asumo el riesgo.

—¡Allá vos! —dijo con tristeza el argentino.

—Haz lo que consideres, Mario —añadió con amargor el mexicano.

—Y así haré —concluyó el peruano—. Y si alguien se opone, le atizaré un buen puñetazo. No sería la primera vez. ¿Estamos?

—Señor Vargas —lo interrumpió una enfermera sonriente—. Vamos a ponerle la anestesia. Despídase de sus amigos.

—Caballeros, ha sid...

No le dio tiempo a decir adiós. El sedante ya corría por sus venas apretadas. Pero antes de entrar en el sueño profundo, despertó bruscamente, se incorporó en la cama y, con los ojos casi vueltos del revés, dedicó unas frases iracundas a sus amigos.

—¡La oscuridad! ¡Llega la oscuridad! ¡Y yo ya estaré para entonces del lado bueno! ¡O del lado menos malo! ¡O de un lado igual de malo que el contrario! ¡Llegan el miedo, los fasces, el dominio y la asfixia! ¡Y yo vivo en la calle Osi y Gabo en la Caponata! ¡Que yo vivo en la calle Osi y Gabo en la Caponata! ¡Y yo vivo en la calle Os...! ¡Patriciaaaa, huyeeeeeeeeee!

Y se durmió.

5

Las babas del diablo

La filósofa: Simone Weil

El fotógrafo se despidió poco antes del mediodía. Abandonó el hospital con la mano en el pecho. Se aseguró de que el corazón le seguía latiendo en el lado izquierdo. Condenó la testarudez de Mario. Se preguntaba si podrían seguir siendo amigos después de la intervención. Valoraba las ideologías dispares en la amistad, pero le aterraba que aquella operación experimental lo radicalizara, que acabara llevando un corazón que lo enjaulara.

Salió del centro por un pasillo que no recordaba haber visto. Los médicos iban vestidos con trajes inflados y escafandras, y llevaban colgado del cuello un enorme aro. Temió hallarse en una zona de contagio o que la ciudad fuera puesta en cuarentena.

Se encontró con otro médico y le preguntó si iban así por el reciente virus. El hombre le dijo que sí, que se protegían de la fida, y lo instó a abandonar la zona si no llevaba mascarilla. Antes de que Cortázar pudiera indagar más, le señaló la salida.

Se dio media vuelta y se marchó, pero le pudo la curiosidad y, antes de abandonar el centro, se tapó la boca con el cuello del suéter y se asomó a una de las salas de la zona en cuarentena. Sobre la cama, un adolescente entubado y desnudo era la viva imagen de la muerte: un cuerpo lleno de cicatrices, de costuras y de rajas; heridas tan profundas que dejaban ver los órganos, que se movían y latían en silencio. Como si todas las carnes se le hubieran agrietado y abierto. El fotógrafo sintió escalofríos.

Abandonó el hospital desconcertado. Intentó olvidar lo que acababa de ver, pero las imágenes no dejarían de visitarlo.

Recorrió un par de calles y llegó a la tienda de fotografía. Se fijó en el escaparate, lleno de unas cámaras de color yema que parecían de juguete. Discutió con el vendedor, que decía que no se dejaría estafar, que ya nadie pagaba con esos billetes. Según parecía, la moneda había cambiado y Julio, que el día anterior la había usado sin problema, se enteraba entonces. Dejó todo el dinero que llevaba en los bolsillos y huyó sacudiéndose los improperios del vendedor.

No quiso mirar las fotos hasta llegar a casa de su amiga. Le quedaban cinco kilómetros hasta el barrio de Les Corts. A Julio le gustaba atravesar la ciudad a pie y detenerse en la colonia Castells: doscientas casas encaladas rodeadas de altos edificios que encerraban un pueblo en mitad de Barcelona. Fueron construidas por el propietario de una fábrica de barnices para acoger a los trabajadores andaluces que habían emigrado a Barcelona en la tercera gran ola migratoria, la de los primeros años del franquismo. A los emigrantes, tantos y tan pobres, se los llamó de forma despectiva charnegos. De entre los trabajadores, a Julio le caía en gracia un tal Piqueras, que siempre andaba con su nieta Carme sobre los hombros. La última parada que hacía antes de llegar a la casa de su amiga era la dulcería Boages, donde vendían unos higos cacereños exquisitos rellenos de trufa y las mejores cocas de Sant Joan de la ciudad.

Cruzando las Ramblas, vio un banco libre frente al Liceu y cambió de parecer: se sentaría y echaría un vistazo a las fotografías. Pero un guardia urbano se lo impidió. Sentarse allí, le dijo, costaba diez céntimos, y Julio le había dado toda la calderilla al señor de la tienda de fotos. Había más sillas libres, orientadas hacia el centro de la vía como los asientos de los bares parisinos, pero todas eran de alquiler. Solo algunas estaban orientadas hacia una fachada: la del café Cuyàs, porque el dueño decía que la clientela no debía perder de vista la belleza de su local, lleno de cuadros barrocos, espejos relucientes y muebles de otro tiempo, ni de las porcelanas de Sèvres que lucía la horchatería colindante al café.

Julio abrió el sobre de pie. Las imágenes estaban ordenadas cronológicamente. La primera la había tomado el último día de verano en la calle de Petritxol a una niña que, delante de la pastelería La Mallorquina, sonreía a la cámara con todo el rostro manchado de chocolate, una ensaimada en la mano y los pies blancos por la leche agria que las lecherías vertían cada mañana en las aceras. Le gustó. Las siguientes le parecieron insustanciales, salvando algunas de los cactus de los recién inaugurados jardines de Mossèn Costa i Llobera, hasta que llegó a la última y se sobrecogió. La joven a la que le había salvado la vida no aparecía en la imagen, ni la sastrería al fondo. El papel solo mostraba el color negro, pero no el de las imágenes mal reveladas, sino una negrura con contrastes que evocaba la noche caída, una noche profunda. Julio se acercó la imagen a los ojos. Se le ocurrió que la instantánea podría haber captado un momento, no del pasado, sino de lo que estaba por venir, como la lluvia que, semejante a babas del diablo, puede verse en algunas imágenes antes de que caiga. Cuando le parecía que la foto tomaba movimiento, sintió que una mujer se echaba sobre él y lo lanzaba contra el suelo.

De nuevo un tranvía casi se llevaba un alma por delante. El fotógrafo se incorporó y rio de alegría y desconcierto. No se creía su suerte. Le agradeció a la desconocida, de acento francés, melena ondulada y gafas redondas de alambre, que lo hubiera librado de una muerte segura. La mujer lo reprendió por no mirar por dónde pisaba.

—¡Ande con cuidado, por favor!

—¿Me decís tu nombre?

—¿Mi nombre?

—Sí.

—Simone.

—¿No querés saber el mío?

—Lo siento, pero tengo que irme.

—¿Por qué? Si me permitís la indiscreción.

—He de escribir una carta con urgencia.

—¿Con urgencia? ¿Y por qué tanta urgencia?

—¡Tenga usted un buen día!

El fotógrafo le habría querido contar la casualidad de que esa mañana él mismo había salvado la vida a una chica en mitad del camino de un tranvía, pero la joven se despidió y entró en el café que había justo delante del Liceu.

Y mientras observaba cómo la filósofa se sentaba en la única mesa del restaurante desde la que se podían ver la rambla y la ópera, Cortázar se quedó dándole vueltas a la pregunta que más le venía entonces al espíritu:

¿será ella la Maga?

6

El apagón

Minutos para el mediodía. Dos mujeres iban a encender a la vez una cerilla:

Simone en el bar y Carmen en su dormitorio.

Simone tenía todavía humo en la boca del último cigarrillo, pero el cuerpo ya le pedía el siguiente. El episodio con el tranvía la había alterado más de lo que creía. Le temblaban las manos y la respiración se le entrecortaba. Por suerte, no le dio por mirar a través del ventanal del café; si hubiera visto que aquel fotógrafo la espiaba, habría perdido definitivamente los nervios.

La joven francesa llamó la atención de un camarero. Necesitaba que el alcohol desencrespara los rizos nerviosos de su estómago. Pidió un anís seco. **A Simone le gustaban las arterias blanquecinas que el aguardiente formaba al rozar el agua.** La escena le producía cierto efecto sedante, la transportaba a su infancia, cuando su tía le daba a probar el pastís que ocultaba en el cuévano con el que vendimiaba en Hérault.

—Se parece a la leche, ¿verdad? En Alicante lo llaman vaso de paloma. —El regente del café de la

Ópera andaba de buen humor aquella mañana, pese a ser un hombre de carácter hosco y de poca conversación—. Conozco muy bien el Mediterráneo. ¿Sabía que a esta cafetería la apodaron La Mallorquina? Cualquiera lo diría, ahora que parece el cuarto de Toulouse-Lautrec.

Simone bajó la cabeza hacia la copa de anís y la carta que quería escribir. Prefería que el hombre se callara. Él entendió el gesto y la dejó tranquila. Miró a su alrededor y apreció que los clientes iban vestidos de formas muy distintas, con estilos disonantes que, combinados, resultaban absurdos. Conversaban exaltados. Pensó que quizá algo había pasado en la ciudad, pero que se enteraría más adelante.

En la mesa, el papel seguía en blanco. Solo había escrito el nombre del destinatario: Albert Camus. Días atrás había recibido su última misiva desde el norte de Argelia, en la que expresaba el amor que profesaba a la vida y describía el simple gesto de comerse un melocotón como una forma total de estar vivo. «A mí, el melocotón me da alergia», escribió la filósofa en el papel mientras pensaba que aquel día sería nuevamente triste y gris, incluso más que el cielo del bar, asfixiado de humo. Pero Simone, que había abandonado París para enrolarse en una columna contra las tropas fascistas y que entonces defendía como cronista los intereses de un pueblo extranjero, se equivocaba. No iba a ser gris, sino negro.

Carmen llegó a casa consumida. Entró en el piso con los ojos cerrados, como si sus párpados fueran de cera y se le hubieran pegado. Lo hizo a hurtadillas, no quería que sus tíos la descubrieran volviendo a esas horas. Escuchó a sus familiares en el salón discutiendo de nuevo sobre el dichoso escabel. Solían pasarse días riñendo por lo mismo. Se desvistió, se puso un camisón para dormir y fue a saludarlos para hacerles creer que se acababa de levantar. La ignoraron como de costumbre. Al menos no advirtieron que había pasado la noche fuera.

Ya en el cuarto, cerradas las contraventanas del balcón a cal y canto y con la sola luz tibia que entraba por un minúsculo ventano a ras del suelo, se acordó de que tenía que quemar la nota supuestamente mágica. Encendió una torcía y alumbró la pequeña sala. Sacó la hoja de la falda, la desplegó y la volvió a leer. Y dudó de su deseo.

«No sé si hice bien en pedir una noche eterna. Es cierto que la noche entraña misterio, sí, que la tibia luz de una vela no se aprecia con el sol, y es cierto que la luz mansa del fuego consuela e inspira... Pero la noche también trae sombras a las ciudades y hace que los hombres de venas carcomidas se envalentonen y que tantos males broten.»

La veinteañera no sabía si quemar la hoja o no.

Simone volvió a empezar la carta:

Albert, me alegra que Argelia haya devuelto la poesía a tu prosa. Leeré cuanto publiques. ¿Podrías añadir una palabra al libro que escribes? Así me reconoceré en él cuando la lea. Se me ocurre "carúncula". ¿Recuerdas cuando retábamos a Beauvoir? Se tomaba muy mal que ganara. Yo creo que nunca me perdonó que entrara por encima de ella en la clasificación del Lycée. ¡Qué noble tontería! Cuéntame, ¿cómo es el sol de Argelia?

Al terminar de escribir la última frase, se le llenaron los ojos de lágrimas. Le vino a la mente la escena que había presenciado el día anterior. Decidió describírsela:

Ayer vi cómo fusilaban a un hombre bueno. Fue la primera vez que presencié algo tan desalmado. Lo peor es que nunca he visto a nadie expresar ni siquiera en la intimidad repulsa o simple desaprobación ante la sangre inútilmente derramada. ¡Cuánto entiendo a Bernanos ahora! Temo que vengan a por mí. Si caigo presa, me matarán.

Apartó la carta con los ojos húmedos, sacó una caja de cerillas y encendió una.

La llama de la cerilla de Simone nació al mismo tiempo que la que brotó del mixto de Carmen en su cuarto sombrío.

Carmen quemó la nota. La puso sobre un cuenco de loza y la dejó consumirse. No esperó a que se hiciera ceniza. Se acostó mientras se apagaban las últimas llamaradas del papel.

Cerró los ojos y cayó rendida, sin ser consciente de lo que acababa de provocar. Tan profundo era aquel sueño que no se despertaría hasta varios episodios más tarde, si bien vio en sueños todo lo que ocurrió acto seguido.

El reloj marcó el mediodía.
La nota se hizo ceniza.
Y se fue la luz.

7

La temprana muerte

El cubista: Pablo Picasso

La filósofa se frotó los ojos, pero la oscuridad seguía allí. ¿Por qué no podía ver nada? ¿A qué se debía el creciente desconcierto en el café? ¿Se había ido la luz del salón? ¿Había anochecido de golpe?

Los clientes encendieron cerillas y dieron caladas a sus cigarrillos para intentar iluminar el local. En cuanto tuvieron algo de luz, salieron para ver qué sucedía. Simone los imitó. Abandonó el café con un puñado de mixtos ardientes y olvidó la carta a Camus encima de la mesa. El ala de un abrigo volcó el vaso de anís y derramó la paloma blanca sobre el papel. El argelino no recibiría nunca aquella carta ni jamás escribiría la palabra *carúncula* en sus libros.

En la calle, la filósofa apreció que el cielo se había oscurecido, que se había hecho de noche. Pero no se veía nada en el firmamento, ni nubes ni estrellas. Tan solo una luz débil y sutil intentaba iluminar la ciudad; una luz azulada que se reflejaba en el mobiliario de las calles, en los árboles y en las fachadas, así como en los rostros perplejos de la gente. La claridad mínima les fue suficiente como para no andar a tientas y poder distinguir la acera de la calzada, y hasta la parte baja de los edificios más próximos. La lucecilla le daba un matiz nostálgico a la escena.

Nadie entendía el porqué de la oscuridad repentina ni de dónde provenía la tenue luz azul. Al principio no se atrevieron a moverse; todo el mundo estaba quieto con la cabeza hacia el cielo. Al mismo tiempo, y al contrario que aquellos curiosos, ante la atmósfera tenebrista, los capullos de los cientos de flores que vestían las Ramblas miraron al suelo; recogieron los pétalos y se cerraron, como si supieran lo que estaba por llegar y no quisieran ser testigos.

Al comprobar que nada nuevo sucedía, los barceloneses fueron saliendo del ensimismamiento. Improvisaron antorchas con periódicos y trozos de tela, encendieron humeantes tederos en las paredes de las vías principales y se dispusieron a regresar a sus casas para reunirse con los suyos y analizar con calma la situación. Temían que ocurriera algo más grave y su instinto de supervivencia se activó. Muchos intentaron volver en coche, pero todas las baterías de la ciudad, según fueron comprobando, estaban vacías, desde las grandes de los vehículos hasta las pequeñas de las linternas o de los generadores de electricidad.

Simone no tenía a nadie en Barcelona. Recientemente había entablado amistad con Andreu Nin y Julián Gorkin, miembros del partido marxista POUM, pero ni siquiera sabía dónde vivían. Se detuvo en mitad de la calle, viendo a todo el mundo bullir a su alrededor, inmersos en una oscuridad que no se parecía a ninguna otra. Le llamó la atención un hombre con acento extranjero, un danés que gritaba aterrorizado desde una ventana del hotel Oriente, en cuya mano derecha alcanzó a ver una pluma de escribir, y en la izquierda una especie de pato disecado horrendo. Avisaba a grito pelado de que se había formado una riera en lo alto de las Ramblas, de que un río de agua embarrada y pútrida descendía hacia allí. Las calles se iban a llenar de aguas fecales.

La filósofa, que ya escuchaba correr el río de inmundicia, huyó antes de que las aguas la alcanzaran. Quiso refugiarse en algún templo. Pensó que las iglesias siempre habían sido construcciones impasibles ante el paso del tiempo, además de los lugares a los que acudía el pueblo para buscar respuestas. Tomó la calle de Ferran y se dirigió a la basílica de Santa Maria del Mar. A mitad de camino recordó que justo detrás del café había también una iglesia, la dedicada a Santa Maria del Pi. Pero le pareció más sencillo cruzar la Via Laietana, la arteria que separaba el Gòtic del Born, que acercarse de nuevo a las Ramblas.

Poco a poco, sus ojos se fueron acostumbrando a la oscuridad y empezó a entender de qué forma había cambiado la ciudad con el apagón. El suelo estaba lleno de casquillos, barro y cables sueltos; las farolas modernistas de Gallissà habían desaparecido; los bajos de los edificios contenían negocios que no había visto antes, donde se vendían figuras en miniatura de la ciudad, esculturas de lagartos policromados, objetos rectangulares de muchos colores, piezas verticales de carne insertadas en espadas de acero..., y no había dos transeúntes que fueran vestidos igual, como si se estuviera celebrando un carnaval macabro en toda la ciudad.

No fue hasta llegar a la mitad de la calle de Ferran cuando le saltaron todas las alarmas: la torre de la iglesia de Sant Jaume se había venido abajo y había cortado el paso en dos. «¿Será el fascismo el responsable de este caos? No, no habrían atentado contra un templo.» Ninguna explicación se sostenía.

Deseaba llegar pronto a la iglesia. Se metió en el barrio judío y buscó una vía secundaria. Tomó la calle de Avinyó y volvió de nuevo a la de Ferran, al otro lado de la torre desplomada. Fue en la primera travesía donde se cruzó con Picasso.

No lo reconoció. El pintor iba vestido con su habitual suéter a rayas, pero no popularizó aquella prenda hasta los años cincuenta. Le pareció de otra época. «Ha de tratarse de alguien disfrazado. Aquí todos parecen vestir trajes antiguos.» La inquisitiva mirada de Simone hizo que Picasso se detuviera. El cubista reconoció a Simone. Las finas lentes ante unos ojos ávidos de saber eran inconfundibles, incluso bajo aquella azulenca oscuridad. También apreció en ella mucha tristeza. No se lo pensó dos veces y se acercó a Weil. Le susurró algo antes de seguir calle arriba:

—Reconozco a quienes van a morir jóvenes. Lo siento mucho, señorita.

Al verlo de cerca, Simone supo que se trataba del mismísimo Picasso, pero tres décadas más joven. Los ojos se le volvieron a empañar. Se giró para preguntar al pintor por aquellas palabras, pero este ya había salido corriendo entre la multitud.

Simone, triste y aturdida, sin lograr hacerse una

idea de qué diablos estaba sucediendo, sintió que moriría joven de verdad. Tuvo el reflejo de echarse las manos al pecho, de acariciarse los pulmones desde fuera, y llorando se perdió entre la muchedumbre que se dirigía desconsolada hacia el templo.

Detrás de ella, cinco vecinos del pueblo de Verges, en mitad de la plaza de Sant Jaume, bailaban la danza de la muerte, vestidos de esqueletos y ataviados con guadañas, cacharros con ceniza y relojes sin agujas. Solían celebrar aquella tradición cada Jueves Santo. Pero aquella noche no era ni jueves ni santo. Era, simplemente, la noche de los tiempos.

«A mediodía [...], cuando no se puede respirar
y la sombra es azul...» Mercè Rodoreda

8

Los tiempos mezclados

El suicida: Carles Casagemas

El pintor cubista se había pasado la noche deambulando por las calles de la zona vieja buscando los rostros de mujer tallados en las fachadas de las casas en las que se ejercía la prostitución. Aunque los burdeles más célebres eran los de la calle Princesa y el barrio Chino, y los locales de mancebía Carassa y Madame Petit, el pintor había acabado en un prostíbulo de la calle de Avinyó, en un dormitorio con un balcón esquinado desde donde se veía el Casino Mercantil. Pasó la noche distraído mirando la arquitectura ecléctica de aquel edificio pretencioso y apenas pegó ojo. Consiguió dormirse de madrugada. A la prostituta le dio pena y dejó que se quedara durmiendo.

Cuando Picasso despertó, pasadas las doce del mediodía, la untuosa oscuridad ya reinaba en toda Barcelona. Como no vio la luz del día, pensó que habría estado durmiendo hasta el anochecer. Se puso en pie e intentó recuperar el tiempo perdido. «Hoy pintaré, aunque no duerma en toda la noche.» Su casa no estaba muy lejos de allí.

Al llegar a su calle, descubrió que el bloque donde vivía había dejado de existir. Varias partes de la riera de Sant Joan habían desaparecido y en su lugar se erigían unas obras faraónicas llenas de andamios y de modernas máquinas de construcción que parecían venir del futuro. Desde una de aquellas grúas, un señor orquestaba la cimentación de la Via Laietana y animaba a los obreros y demás menestrales. El hombre llevaba el bigote más frondoso que Picasso había visto jamás y unos anteojos que hacían malabares para sujetarse sobre el puente de su nariz.

A Pablo no solo le confundieron el destrozo general del tejido urbano y la desaparición de su casa, también el comportamiento de los barceloneses, que de pronto hablaban lenguas que no había escuchado antes e iban vestidos como figurantes de películas de distintos géneros.

En el solar de su antigua vivienda, frente a un trozo de pared que no había desaparecido de milagro, lo esperaba su amigo y compañero de estudio, un joven escritor y pintor barcelonés apellidado Casagemas.

—¡Pablo! *Mare de Déu!* ¿Te lo puedes creer? ¿Qué ha pasado? ¿Soy yo o nuestro apartamento ya no existe? Fue irse la luz y cambiar todo.

—¿La luz?

—¡La del sol! ¿No lo has visto? Se ha apagado el sol. Y todas las bombillas. Y menos mal que no estaba en casa en ese momento. ¿Te imaginas dónde estaría ahora mismo? *Mare de Déu!* No ha quedado nada del apartamento, solo este trampantojo.

Picasso había decorado las paredes de la casa con ilusiones ópticas porque no tenían dinero para muebles. Había pintado más de veinte paredes, pero solo una había sobrevivido a la hecatombe: una pintura nostálgica que había decorado el salón.

Mientras Casagemas continuaba hablando y señalaba nervioso los ventanales y balcones de las calles, que se iban llenando de velas, candelabros y palmetas, Picasso no dejaba de observar su pintura. El tono cobalto que otorgaba la luz mortecina que venía de ningún lugar hacía resaltar fulgurantes los tonos blancos de la obra. Maravillado, decidió que, a partir de aquel instante, volviera o no la luz, se aclarara o no aquella confusa situación, pintaría solo con tonos marinos. Dorado en el fuego de las mechas y azul en los ojos de Picasso.

—¿Dónde estabas? Yo volvía a casa. Venía de la herboristería del Rey cuando se fue la luz, ¡y aparecieron de la nada casas y tiendas y gentes! ¡Parecía brujería! Todo el mundo se echó a gritar y a llorar. Algunos reían histéricos. Casi todos salimos corriendo. Es como si la ciudad hubiera explotado. ¿O estamos soñando?

—Tranquilo, amigo. Tranquilízate y respira con calma.

Casagemas hiperventilaba. Era un joven muy sensible y se afligía ante cualquier cosa que modificara su rutina. Para que la sangre le llegara a la cabeza Picasso lo invitó a tumbarse y le colocó las piernas sobre el capitel biselado de una enorme columna que había aparecido en mitad de la calle. Le dio la mano y le indicó que respirara tranquilo, que todo iba a salir bien. Pero su amigo empezó a quejarse de un dolor agudo en la sien derecha y parecía inconsolable. Tardó en recuperar la calma.

Picasso distinguió detrás de su compañero una tienda en la que nunca había reparado: una librería iluminada con cientos de velas. Pablo, que se había mantenido cauto y no había elucubrado en voz alta como su amigo sobre la causa de aquella sinrazón en la que estaba sumida la ciudad, se excusó cariñosamente y se adentró en la librería.

Era la más llamativa y grande que había visitado nunca. Los libros que llenaban las estanterías eran coloridos y muy atractivos. Jamás había visto ejemplares tan originales y de tantos tamaños. Cogió un tomo al azar y lo hojeó. La calidad de las fotografías a color lo impresionó. Buscó en las primeras páginas la fecha de publicación: 2024. Del susto, lanzó el libro contra el suelo y tiró una vela que acababan de colocar en la estantería. La recogió enseguida, pero le cayó de igual forma la reprimenda del librero, que, al reconocerlo, palideció y se disculpó. Picasso creyó entender al fin lo que estaba ocurriendo.

—¡Ni se imagina usted el tremendo honor que es poder conocerlo en persona! Esta mañana absurda nos va a volver a todos majaretas, pero poder tratar con usted...

—Perdone, pero ¿en qué año nació?

—En 1963. —Y Picasso, que se temía algo así, no pudo evitar sentir una náusea amarga en la garganta. Tragó saliva y sonrió consternado al librero. Ya no albergaba ninguna duda: había viajado en el tiempo—. Y usted en el siglo pasado. ¡Si no lo veo, no lo creo!

—Dígame, ¿en qué año se encontraba usted cuando se fue la luz?

—En el 2026.

—¿Y no tendrá alguna enciclopedia puesta al día?

—¡Desde luego! Deme un momento, don Pablo.

Picasso notó que el corazón se le iba a salir por la boca. Aprovechó la ausencia del vendedor para mirar más fechas de edición. La mayoría pertenecían a un siglo después de su nacimiento.

Entre todos los libros que hojeó, le pareció tremendamente bello el comienzo de una novela que transcurría en la misma Barcelona:

Caminan lentamente sobre un lecho de confeti y serpentinas en la noche estrellada de septiembre y a lo largo de la desierta calle adornada con un techo de guirnaldas, papeles de colores y farolillos rotos.

—Aquí tiene. —El vendedor, al momento de darle el libro, lo reconsideró—. ¿Está usted seguro de que quiere...? —Picasso le leyó el pensamiento, tal como él creía habérselo leído antes, y no lo dejó terminar.

—No se preocupe, no voy a buscar mi nombre en ella. No quiero saber cuándo moriré. Es otro nombre el que quiero encontrar.

Se fue hasta la letra ce y halló el apellido en cuestión.

Esta vez, a Picasso no solo se le cayó el libro al suelo; también el alma, y el cuerpo. Tumbado, sin aire y con la cabeza herida, perdió el conocimiento mientras balbucía una última frase antes de quedarse inconsciente:

—¡Mi pobre Casagemas! ¡Mi pobre Casagemas!

Después de irse la luz, un ruido contundente se extendió por toda la ciudad. Se trataba de un trueno que había nacido al mismo tiempo que el apagón, pero, al viajar más rápido la luz que el sonido, llegó después. El ruido duró un minuto. Una vez extinguido, la gente entró definitivamente en pánico.

9

Los castillos de naipes

Todas las Barcelonas

Este episodio puede leerse con la siguiente
composición musical:
Teil I – Kjartan Sveinsson

Sin luz solar ni artificial, el fuego iluminó Barcelona, una ciudad apodada Rosa de Foc.

La repentina ausencia de luz causó reacciones muy diversas: el beso al aire de un amante que abrazaba a su prometido; el solivianto de una madre al acostar a su hija, cubrirla con la manta y verla desaparecer; la sed del anciano que, inmóvil sobre la cama de su apartamento, esperaba impaciente la llegada del enfermero, que nunca más acudiría; la impotencia de los cirujanos al perder tantos pacientes que no pudieron reanimar; la angustia de miles de personas atrapadas bajo tierra en los vagones de metro, en los ascensores que recorrían las tripas de los grandes edificios y dentro de fábricas subterráneas y alcantarillados; el agotamiento del cuerpo de bomberos, que hubo de cargar el agua en cubetas y formar cadenas humanas en medio de una hecatombe sin parangón; el pulso roto de una joven conectada a un respirador apagado; el dolor de una payesa al clavarse el hacha en su espinilla izquierda y no en un esfumado tocón; la incomprensión de los conductores que chocaron contra vehículos de otras épocas, mobiliario urbano y transeúntes salidos de la nada...

Y allí donde hoy día, y entendamos por *hoy día* la fecha de publicación de este libro, está el zoo, apareció un inmenso edificio que había sido derribado años atrás: el palacio de la Industria, el que fuera la sede central de la Exposición Universal de 1888; desde el cielo se veía como un abanico abierto, un gajo semicircular de un colosal pomelo. Sin embargo, no desaparecieron las instalaciones zoológicas construidas años más tarde en el mismo solar ni los animales: ambas realidades se mezclaron. Sobre el tejado ondulado del palacio corrieron decenas de gacelas, irrumpieron rinocerontes e hipopótamos en las galerías de arte después de haber derribado enormes tabiques y aparecieron jirafas en mitad de los grandes ventanales, con los cuerpos divididos en dos, atrapadas por la nueva materia surgida del vacío. Y una manada de elefantes quedó espetada en las columnas de la fachada principal del edificio, tiñendo de bermejo la entrada. No fue el único edificio de la Exposición que surgió de la nada. El desaparecido hotel Internacional del paseo de Colón, con capacidad para albergar a dos mil huéspedes, allí donde tantas veces se habían reunido Dalí y Lorca, brotó del suelo para asombro de los catalanes que paseaban por el puerto. Y se levantaron de igual forma de las profundidades varios circos: el ecuestre Alegría, el real de Ciniselli y el Sibbons, que devolvieron a la ciudad domadores, equilibristas y animales salvajes. También afloró de la tierra el enorme jardín de verano que, décadas atrás, había servido de lugar de ocio a las familias burguesas que se paseaban entre Gràcia y Barcelona. Aquel espacio, donde se representaba a Wagner y se hacían espectáculos de magia, lo componían los jardines del Tívoli, el jardín de los Campos Elíseos, el jardín de la Ninfa y el Prado Catalán, así como el Salón del Verano, el edificio más bello del conjunto, decorado con telas colgantes, lámparas de araña y elaboradas celosías. Un recinto magnífico lleno de parques, estanques, pérgolas, cafés, fondas y atracciones, entre las que destacaba una montaña rusa que se podía confundir con un anfiteatro por la forma de arquería romana de la estructura de madera que sujetaba las vías. Dicen que hasta la reina Isabel II se montó en aquella atracción ideada en París años antes. Todo aquel espacio de recreo había quedado relegado al olvido después de la construcción del Eixample hasta que la oscuridad lo hizo volver a la vida. Con su aparición, las edificaciones construidas después quedaron destrozadas, y se fusionaron los amasijos de madera antigua y piedra de los jardines con el hormigón moderno de los horrendos bloques sesenteros del Eixample, como si dos cuerpos diferentes se hicieran transparentes e incorpóreos, se pusieran en la misma posición y volvieran a hacerse materia.

Lo ocurrido en aquellas dos zonas sucedió en toda la ciudad y provocó miles de muertes. Centenas de personas fallecieron al quedar sus cuerpos soterrados o divididos por los muros y el mobiliario que surgieron de la nada, como la familia que se quedó atrapada en el interior de la piedra de la fachada de la Casa Milà, en uno de los pocos bloques que se mantuvieron estables y que no se desprendieron. Dicen que la mayoría de esas piedras se separaron del inmueble y rodaron calle abajo hasta llegar al mar, siguiendo el mismo curso que el rosetón de la basílica de Santa Maria del Mar, que se desgajó mientras cientos de personas celebraban el Corpus en el templo preferido por los barceloneses. La enorme ventana gótica de la fachada aplastó a decenas de devotos y bajó hacia la playa, seguida por las columnas barrocas del Palau Dalmases.

Hay que señalar que el número de transeúntes en las calles de Barcelona aumentó considerablemente, y, por ende, también las víctimas. La ciudad quintuplicó su población. Si bien es cierto que la mayoría de los ciudadanos reaparecidos pertenecían al siglo xx, quizá por haberse producido la hecatombe en dicho siglo, también revivieron vecinos de otras épocas: íberos layetanos sobre Montjuïc; judíos, cristianos y romanos en el casco viejo; visigodos arrianos que se lamentaban de que su rey acabara de ser asesinado; carolingios que comprobaban afligidos que su arquitectura no perduraría al paso del tiempo; cortesanos medievales sobre las murallas y caballeros con celadas y lanzas; condes del Renacimiento y religiosos afincados en los templos barrocos; pudientes arquitectos del siglo XIX, vanguardistas y literatos del XX; Le Corbusier con la idea de que sería en Barcelona donde se experimentaría con la arquitectura viva; Juan Pablo II bendiciendo la Sagrada Familia o Robert Hughes dando el pregón de las fiestas de la Mercè; políticos del XXI y hasta científicos y universitarios del siglo XXII y de los posteriores.

Entre tantos personajes egregios, volvió a la vida Cerdà, el gran urbanista de Barcelona. Se asombró al contemplar el acelerón que sus obras habían sufrido y también ante la aparición de altísimos edificios de cristal que le parecían imposibles de levantar: construcciones surrealistas hechas a partir de maquetas venidas del mundo de los sueños. Entre todas las composiciones arquitectónicas que la leve claridad cerúlea le permitía ver, le fascinó un cono alargado sin punta que quería tocar el cielo: la llamada torre de las Aguas, o torre Glòries, o torre Agbar, o torre supositorio, o torre con forma de pene.

No lejos de allí hubo una zona donde no

solo apareció un edificio: en un mismo solar se combinaron las estructuras de tres cines que no existen en la actualidad: el Walkyria, el Rondas y el Calderón. Ocurrió en el barrio de Sant Antoni, cuyo célebre mercado desapareció y dejó un descampado en su lugar, ocupado al instante por ladrones, prostitutas y mendigos procedentes del barrio Chino. La única construcción de la zona que no fue afectada por el apagón fue el monasterio de Sant Pau del Camp, quizá por haber aguantado en pie diez siglos de historia.

La actual plaza de Francesc Macià recibió de golpe tres nombres más: plaza de Calvo Sotelo, de Alcalá Zamora y de Germans Badia, y otro tanto le ocurrió a la plaza del Cinc d'Oros, que pasó a llamarse también al mismo tiempo plaza de Juan Carlos I, de Pi i Margall y de la Victoria. Cuatro épocas de una misma ciudad solapadas.

Estas descripciones prueban que, en efecto, varias realidades físicas se pelearon por el mismo espacio y aparecieron en un mismo instante. Se formó un caos espaciotemporal del que, poco a poco, empezaron a darse cuenta los barceloneses, y del que pocas infraestructuras parecieron salir indemnes. Ni siquiera se salvó el mayor tesoro de Barcelona: la Sagrada Familia. Se resquebrajaron las pilas bautismales del templo, enormes conchas de animales marinos que habían sido traídas desde la colonia íbera de Filipinas, y se vino abajo la parte central de la fachada del Nacimiento después de que salieran corriendo las tortugas que sostenían las dos columnas principales: la terrestre, del lado de la montaña, y la marina, del lado del mar. Tampoco aguantó el Cristo flotante sobre el altar, que se hizo trizas contra el suelo, ni varias de las columnas del interior de la basílica que imitaban una arboleda, y que enterraron a varios feligreses.

Gaudí no podía creerse que, a pesar de ello, el templo hubiera aparecido terminado. Lucía las tres fachadas levantadas, salvo la que acababa de derruirse parcialmente, y las cuatro torres dedicadas a los evangelistas, la torre trasera y alta de María y la poderosa central de Jesús. La oscuridad no permitía que se alcanzara a ver el alto de los edificios, pero, por alguna razón, el templo brillaba con propia luz y se veía como si fuera de día. Al ver su gran obra terminada, Gaudí lloró de alegría. Le parecía ciclópea, y lo era, aunque no era lo más alto de Barcelona: el templo tenía solo un par de metros menos que el vecino monte Tibidabo porque el propio arquitecto, piadoso, lo había diseñado así. No quería que la obra humana fuera más alta que la de Dios.

El arquitecto se tumbó en la calzada para contemplar su obra megalómana sin tener que arquear el cuello. En aquella oscuridad, su presencia no habría extrañado a nadie, pero con la aparición de las primeras hogueras los transeúntes de épocas posteriores a la suya lo fueron reconociendo. Algunos quisieron acercarse a tocarlo y abrazarlo, clamando que se trataba de un milagro, ya que el arquitecto había fallecido, hacía mucho tiempo, atropellado por un tranvía en la calle Bailén; pero Gaudí ignoró a los curiosos y siguió contemplando los detalles de las torres más altas. Ni siquiera prestó atención a los tres trenes magnéticos que atravesaron el cielo y que por poco derriban su templo expiatorio. Las lágrimas le caían hacia los oídos, le descendían por detrás de las orejas y le mojaban el cogote, espeso bosque de pelo recio. Ni siquiera desvió la mirada ante el ruido de las bombas que estaban desintegrando el ayuntamiento, objetivo de un conflicto bélico de tiempos muy pasados que había revivido. Porque también los odios y las disputas habían resucitado tras el apagón, no solo lo tangible y material.

Varias bombas estallaron en el centro de la ciudad. Una de ellas, una Orsini, en la platea del Liceu, en un atentado anarquista que inmortalizó más tarde el artista Salvador Roses. La explosión sembró las butacas con miembros de veinte personas. Entre los huesos y la sangre levantó la cabeza el poeta Joan Maragall, que por poco fallece. No obstante, pese al caos en el teatro y a la fuga de la luz, los cantantes siguieron interpretando la obra *Guillaume Tell*. Ni siquiera pararon cuando la mitad del teatro empezó a arder. Pensaron que debían aprovechar la iluminación dramática que aquellas llamaradas conferían al escenario. La que sí que decidió huir nada más oler el humo fue la soprano Maria Callas, pues, con su imponente nariz, se adelantaba a los olores y los sentía antes de que se produjeran. Se estaba preparando en uno de los camerinos para su única actuación en la ciudad.

—¡Maria, no te obsesiones con las llamas, que fuera estaremos peor! Me acaban de decir que la prisión Model se ha partido en dos y que los presos van a tomar la ciudad. Las calles se están llenando de refriegas. Mejor morir y dejar cenizas que un cuerpo acribillado.

—¿¡Desde cuándo no puede una diva elegir dónde cantar!? ¿No dicen que ha aparecido un teatro enorme? El Lírico, lo llaman. Podemos desplazar a todo el mundo hasta él.

—Quedémonos, por favor.

—¡No! He dicho que abandonamos el teatro y así haremos. ¿O me vais a desatender a las puertas de la muerte?

Otra artista que decidió abandonar la ciudad fue Conchita Piquer. Dejó a toda prisa el teatro Poliorama, donde tenía previsto actuar aquella misma noche. A la coplera la seguía un séquito de ocho hombres que cargaba con un pesado baúl donde iba todo su vestuario.

Y mientras que para unos era medianoche, como aseguraban los que se hallaban en el Liceu, para otros, pese a la oscuridad, era mediodía, como afirmaban los actores del Poliorama. Al parecer, el apagón no había tenido lugar en todas las épocas a la misma hora ni el mismo día. Por eso, festividades de momentos diferentes del año se celebraban a la vez, como las fiestas de la Mercè del mes de septiembre, que sembraban de verbenas y albahaca parte de la ciudad; el día de Sant Jordi del mes de abril, cuando lanzaban abono a las paredes y lo regaban para que crecieran rosas y espigas en ellas, o la feria de Santa Llúcia de diciembre, celebrada frente a la catedral y en las viejas murallas, donde los provincianos acudían en masa a comprar lo necesario para decorar el belén de Navidad: muérdago, musgo, *caganers*, *tions* y figuras del nacimiento.

Procedieran de una fecha u otra, fuera miércoles, viernes o domingo, todos estaban sumidos en una penumbra que también aprovecharon los malhechores. Era una situación propicia para la violencia. Aparte del atentado del Liceu y del ayuntamiento, otro más sucedió en los primeros minutos después del apagón: el intento de degüello del rey Fernando el Católico, que reapareció visitando la ciudad. La hoja enemiga le dio de lleno, pero no lo mató, si bien pintó con tres gotas escarlatas la escalinata de la plaza del Rei, marcas que todavía hoy se pueden contemplar. Al causante de aquel intento de regicidio no lo pudo proteger ni la oscuridad. Dieron con él, no esperaron juicio ni cura, lo desmembraron y lo quemaron. El espectáculo fue tan vomitivo que el *botxí* de Barcelona, el verdugo en tierra catalana, se subió al mirador que había en la plaza, el del Rei Martí, y se lanzó al vacío contra el Salón del Tinell, causando un gran destrozo en cada uno de sus cinco arcos.

Los cimientos del célebre mirador se habían debilitado con el primer temblor. La torre se inclinó algunos grados, augurando un final estrepitoso. Ataúlfo, un rey con gran poder sobre la ciudad, en concreto sobre aquellas disposiciones, al menos en su época, ordenó a los guardias urbanos que reunieran a los *castellers* más fuertes de toda la ciudad para que formaran una altísima torre humana que sujetara la estructura hasta que pudieran construir un contrafuerte de piedra: todo un apuntalamiento de carne y hueso. Dispuso que otras catorce *colles* de *castellers* debían esperar en las calles colindantes; sabía que muchos morirían después de tantas horas erguidos en aquella posición y deberían ser remplazados a la mayor brevedad.

—¿Dónde los guardias? Es menester su labor o cederá la torre.

—Mi rey. Los hombres de asalto han acudido aprisa al Poblenou.

—¿A qué lugar?

—Se trata, si bien he oído, de una nueva aldea que ha surgido al norte de la ciudad, donde los vecinos actúan según unas doctrinas ácratas.

—¿Unas doctrinas ácratas? ¿Por qué no me habla en cristiano?

—¡Que no aceptan vuestro poder, mi rey! Siguen los consejos de un tal Cabet. Un francés, mi rey.

—Que dejen ese asunto para después. O los guardias traen a todos los *castellers* de la ciudad o el mirador se viene abajo. ¡Dirija a sus hombres, con presteza! ¿Y qué explicación merecen esas personas postradas en la plaza? Han de apartarse.

—Están celebrando a santa Àgueda.

—¿Comiendo?

—Sí, mi rey. Unos dulces con forma de teta. Como a la santa le cortaron los pechos... Dicen que estos descansan en su capilla, aquí en la ciudad.

—Pero qué espectáculo tan inhumano. ¡Desalójenlos!

El rey habló solemnemente, ayudado por un reflejo dorado en el rostro: el brillo del fuego que estaba arrasando con buena parte de la ciudad. Las llamas se extendían por toda Barcelona. El desencadenante del fuego había sido el sistema de alumbrado. Las farolas eléctricas del futuro habían ocupado el mismo espacio que las antiguas de gas y de aceite. Solo en el Eixample, que cuenta con cuatrocientas veinte manzanas de cuatro lados y cuatro chaflanes cada una, más de tres mil explosiones causaron incendios y llamaradas; iluminaron el centro de la ciudad y en gran medida la extraña noche.

Además del fuego y de los grandes derrumbes, que dejaron Barcelona llena de surcos y de montañas de edificios, también ocurrieron otros desastres de menor envergadura. Uno de los más llamativos fue la caída del lucernario esférico de la Casa Damians. El domo no se quebró y cayó de una pieza y de pie. Atrapó a una madre y a su hijo, que se asfixiaron en el interior. Otra cúpula que sufrió fue la del techo del Palau de la Música Catalana. La preciosista obra de Domènech i Montaner dio tal respingo que se invirtió y adoptó una forma más común que la original. Aquello lo presenciaron perplejos cuatro músicos que tocaban dentro del palacio: Fauré, Strauss, Saint-Saëns y Ravel. También se sobresaltó la cabeza de Carmela, la célebre escultura de Jaume Plensa, y cayó al suelo y se fragmentó en una decena de piezas que pronto se llevaron a casa los coleccionistas, y se separaron los preciosos esgrafiados de la Casa del Gremi de Velers y se estamparon contra otras paredes lisas de la ciudad. ¡Incluso se agrietó el ábside de Sant Climent de Taüll, la pintura románica más importante de Iberia, que conservaba el Museu Nacional d'Art de Catalunya! Y saltaron las lápidas judías que servían de muro en la calle de Montcada y las losas funerarias de la necrópolis romana de la plaza Vila de Madrid, que hicieron que los socios del Ateneu, acongojados, se encerraran en su templo privado de la inteligencia; y también los arcos catenarios de madera que en la buhardilla de La Pedrera sujetaban la amplia azotea del edificio salieron disparados y fueron a incrustarse, como bumeranes sin retorno, a diversas zonas de la ciudad. Uno de ellos alcanzó la escultura de *El nen de la rutlla* en el barrio del Guinardó y lo separó de la rueda, que bajó las calles barcelonesas rodando hasta el mar.

Y las baldosas de la Casa Batlló se despegaron y decoraron el pavimento del paseo de Gràcia, y los maceteros rococós con cruces talladas y las columnas salomónicas de la Casa Calvet se desprendieron y cayeron al vacío; cambiaron la distribución de la casa y echaron varios techos abajo, deformando las preciosas sillas de madera del inmueble, que adoptaron una forma que su diseñador encontraría perfecta para la espalda humana.

Y surgieron montes inauditos, elementos geográficos que, para los barceloneses de los últimos siglos, habían sido solo ilustraciones de los libros de historia, como el monte Táber, que asomó y levantó varios metros la calle del Paradís, repleta de templos romanos que servían de hogares para los jubilados que venían desde la antigua capital del mundo. De la misma manera, germinaron inmensas murallas del suelo, tres cintos de ellas, y elevaron una séptima parte de la ciudad, atravesando hogares y calles. La ciudad, desde el cielo, parecía una cebolla pasada cortada por la mitad, llena de círculos concéntricos arrugados. Una de las murallas más llamativas fue la del Mar, que ocupó el lugar del paseo de Colón y apareció repleta de palmeras y con veinte molinos de viento.

Y no solo vetustos muros crecieron de un estirón en el casco viejo, también antiquísimas construcciones, como la mezquita que brotó e hizo trizas el ayuntamiento, cubriendo la plaza de Sant Jaume de escombros.

Y en las faldas de las montañas que abrazan la ciudad, al Park Güell se le formaron hondonadas que parecían comunicar con las profundidades de la tierra. Y las columnas de la sala Hipóstila del mismo parque, ochenta y seis, avenaron el agua del monte y la expulsaron a través de la boca del dragón que recibía a los visitantes a la entrada del parque; porque aquellas columnas, pese a la robustez de sus paredes, siempre habían estado huecas y tuvieron entonces aquella función drenante. Salió un agua embarrada que fue a cubrir algunas calles altas de Barcelona, llenando de lodo y maleza todo el barrio de Gràcia hasta las Ramblas.

Y mientras Barcelona se veía herida con tanto caos urbanístico y arquitectónico, purulenta y con las entrañas abiertas mostrando roca partida y hierro fundido, siguió siendo testigo de actos vandálicos: familias pobres que cargaban en carros de arrastre papel pintado de gran valor y cerámicas vidriadas, así como los azulejos de uno de los patios interiores de la Casa Batlló y las dos pajaritas de Ramón Acín que habían decorado la rambla del Clot, para después venderlos en el mercado negro; mendigos con harapos de hace diez siglos, cuya lengua distaba mucho del catalán, comiéndose los bordes de la fachada de la Casa Amatller, pues la oscuridad la había reblandecido y bien parecía hecha de chocolate; jardineros desenterrando los plataneros que, años atrás, habían trasplantado desde el parque de la Devesa de Girona hasta la plaza Reial, ya que temían que sus preciadas especies, sin luz solar, murieran; húsares en la misma plaza desconcertados ante el *totum revolutum*, degollando a los enfermos que, afectados por cólicos miserere, acudían cada día hasta allí para oler los puestos de hierbas medicinales e intentar sanarse y aprovechaban la oscuridad para robar algún sello de los tenderetes filatélicos e intentar cerrarse con ellos las pústulas abiertas del estómago; pobres arrancando farolas para entregarlas como chatarra o dárselas a algún escritor que quisiera ponerlas de portada en su libro... Así, las dos primeras farolas que diseñara Gaudí, bermellones y aladas, que habían alumbrado hasta entonces la plaza Reial, acabaron desmembradas. Cualquier motivo arquitectónico o decorativo que reflejara las llamas de las antorchas y pudiera tener valor en el contrabando era arrancado y vendido en almonedas clandestinas.

Y no solo robaron parte del mobiliario urbano, también en las casas particulares, sobre todo en las habitadas por la burguesía. Algunos de los hombres que habían ordenado y pagado las mayores obras del modernismo, negreros que se habían enriquecido tras levantar el rey íbero Carlos III el veto para que el puerto de Barcelona pudiera comerciar con América después de años de represión, decidieron cargar con todo su oro y dirigirse al primer lugar que había sido iluminado eléctricamente en la historia de la ciudad, al Pla de Palau, con la esperanza de que la luz nunca hubiera abandonado aquella plaza y de estar libres de vandalismo. Pero, para desgracia de aquellos hombres arribistas y sin escrúpulos, el Pla yacía envuelto en la misma oscuridad que el resto de la ciudad. Tres familias de apellidos ilustres fueron las primeras en llegar: los Güell, los López y López y los Girona. Y empezaron a correr rumores de otras zonas que no habían perdido la luz. Hubo un joven que aseguró que la plaza de Osca, corazón vivo del barrio de Sants, seguía iluminada por la energía eléctrica. Afirmaba que el apagón lo había pillado bajando del barrio de Vallvidrera y que desde allí había apreciado el milagro. Pese a los rumores, nadie quería aventurarse a atravesar una ciudad tan grande a oscuras y rodeado de gentes de otras épocas que ni siquiera hablaban la misma lengua.

En cuanto al puerto, que poco he descrito en estas caóticas páginas, se llenó en la zona de las atarazanas reales con los marineros de los negreros arriba descritos, y con miles de pescadores que, pese a la oscuridad, salían a buscar coral, pues se decía que aquellos zooides emanaban luz propia. Y el ruido de las carrozas que dentelleaban los maderos de los muelles formó una melodía ensordecedora propia de Xenakis, bien parecida a su célebre pieza *Metástasis*. Y las playas del norte aparecieron repletas de barracas de gitanos y de familias de inmigrantes íberos que habían venido a Barcelona buscando trabajo en una empresa textil, pero a los que no habían contratado por exceso de mano de obra.

Respecto a las aguas del mar, a primera hora de la tarde se tornaron peligrosas, pues hacia allí se habían dirigido todos los vuelos que en el momento del apagón sobrevolaban la región, con la intención de amerizar. Decenas de aeronaves se estrellaron contra el oleaje. Transformaron el mar en un caldo de yerros y sangre: un escorial aguado. Ya lo dijo Paul Valéry tras visitar la ciudad: «Barcelona es un gran puerto que piensa». Y, en este caso, uno agitado y devorador.

Y mientras todo aquello sucedía, el alma intelectual y artística de la ciudad se reunía en el célebre café Els Quatre Gats. Expertos de la palabra y de la imaginación iban a formar uno de los cónclaves decisivos para paliar la desaparición de la luz.

10

Los ocho gatos

El surrealista: Salvador Dalí
El pianista: Isaac Albéniz
La cupletista: Raquel Meller
El retratista: Ramon Casas
La sufragista: Carmen Karr
La actriz: Margarita Xirgu
El neurótico: Woody Allen
El atleta: Fermín Cacho

En el número tres de la calle de Montsió existió durante seis años un restaurante donde se reunían los artistas cada noche. Aquel día, varios creadores se citaron para hablar sobre lo ocurrido. Se sentaron en una mesa junto a uno de los arcos ojivales de las ventanas. Consideraron que estarían mejor con el estómago lleno, así que primero comieron: esqueixada, cap i pota y calçots. Lo bueno de aquella circunstancia es que se podían pedir productos de todas las estaciones del año. Después de comer en un casi absoluto silencio, despejaron la mesa y atendieron al pintor surrealista, que quería demostrarles a qué se debía el caos reinante.

—Salvador, cuéntelo de una vez.

—¿Se creen que es fácil construir siete castillos de naipes de nueve plantas cada uno sobre esta mesa coja y con barajas de diferentes tamaños? Aguarden. Todavía tardaré. Continúen charlando o busquen monedas en sus bolsillos, que el cubista prometió que se pasaría y que pagaría la cena con uno de sus bocetos, pero ni rastro de él.

—¿No le valdría al dueño con uno suyo?

—Qué desdoro. Si yo le diera uno de mis bocetos, el pobre hombre se vería en la obligación no solo de invitarnos esta noche, sino las del resto de nuestras vidas. Tengo en la suficiente estima este sitio como para que lo cierren por mi culpa.

—Ya será para menos. Toda la vida, dice.

—¡Tal que así!

—Escuchen, ¿y si lo que ha pasado es el resultado de una huelga general? Como la que organizó años atrás la Canadenca. —El personal de la primera central eléctrica del país, ubicada en Barcelona, había pactado entonces un apagón de mes y medio hasta conseguir el contrato laboral de ocho horas. Y lo logró.

—En ese caso, esperemos que esta vez se resuelva antes.

—¿Cómo sabe usted tanto de eléctricas?

—Un pianista calla, pero observa mucho —respondió Albéniz.

—Yo también escucho cantando —replicó la cupletista Meller.

—Pues ya podría convidarnos con un cuplé, si tan de cristal dice tener la voz.

—No está el horno para bollos.

—El que mucho escucha y poco dice es el americano.

—Déjenlo tranquilo. ¿No ven lo embobado que está?

—No deja de tomar notas.

—He intentado leerlas, pero están en inglés. ¡Y mira que yo he salido en la revista *Time*! —añadió la cupletista llena de orgullo—. Y en portada. La tengo en mi casa enmarcada, al lado de la pintura que me hizo Sorolla.

—¿A ustedes dónde los pilló la oscuridad? —cambió de tema el pianista.

—Yo estaba paseando por el Born cuando se fue la luz. De pronto, aparecieron alrededor de mí horcas y autos de fe.

—En el Pla de Palau también aparecieron sogas.

—Ahora sí que podremos decir eso de que algo está *a la quinta forca*.

—Con tanto ahorcado, pensé que se trataba de una obra teatral al aire libre, y de muy mal gusto, hasta que comprobé que los hombres colgados estaban muertos de verdad y los dogales bien apretados en los pescuezos de los reos. ¡Me faltó correr! Casi me manchan los lienzos que llevaba bajo el brazo —les contó el retratista Ramon Casas.

—Si hubiera sido el caso, podría haber aprovechado el tono para un vestido grana.

—Lo pensé, pero ahora estoy con un retrato de una joven que viste de amarillo, de un cetrino brilloso, que es el color principal del dibujo. Me inspiro en unas genistas que vendía mi esposa en las Ramblas antes de conocerme.

—«Mi cuerpo será camino, le daré verde a los pinos y amarillo a la genista.»

—¿Qué canción es esa, señora Meller?

—No lo sé. Se me ha venido a la cabeza. Creo que es la primera vez que la canto.

—La oscuridad nos está aturdiendo más de lo que pensaba.

—A mí todo esto me pilló en el mercado, en la Boqueria —interrumpió Dalí, que hizo una pequeña pausa en la construcción de los castillos de naipes—. Me había levantado temprano para recoger un pedido de hormigas en El Taxidermista. De camino, aproveché para saludar al melero, conocido mío, y comprarle miel para mis bigotes. Me los pongo tiesos con un par de dedadas. ¡Y de pronto, zas! La cubierta del mercado desapareció. Pero ¿saben? Fui de los que menos se extrañó, pues, cuando era pequeño, el mercado todavía no estaba techado. Pensé que mi recuerdo vencía a la realidad.

—¿Cuántas hormigas ha comprado, Salvador?

—Dos mil. ¿Les parecen muchas? Son para una pintura.

—Qué imaginación única. Prométame que escribirá una obra de teatro para mí.

—Margarita, no escribo para nadie, y no creo en la ficción. A todo esto, ¿les he contado lo del caballo?

—Creo que no. ¿O he llegado tarde? —preguntó curiosa la sufragista.

—Siempre llega tarde, Karr.

—Nunca llego tarde. Pero tampoco puntual. Las mujeres debemos tener un pie en la entrada y otro en la salida, o, en menos de lo que canta un gallo, desaparecemos.

—¡Queremos oír lo del caballo! —respondieron los hombres.

—¿Recuerdan el espécimen disecado de color blanco que le regalé a Gala? —prosiguió Dalí.

—No.

—¿No? ¡Salí en toda la prensa!

—Yo no sé quién es usted.

—Ni yo.

—¡Pues sí que se ha vuelto loco el mundo! ¡Si hasta he visto a unas *xuclapits* en la calle del Lliri!

—¿Cómo?

—Viniendo hacia aquí me he topado con una escena muy peculiar, digna de una pintura: tres mujeres, vestidas de cortesanas de hace siglos, se mamaban los pechos entre sí, la una a la otra, conectadas por sus pezones. Eso se hacía en la antigüedad. La noble paría, la nodriza amamantaba al niño y una tercera mujer, la *xuclapit*, amamantaba el otro pecho de la nodriza para que el flujo continuara.

—Sería una actuación.

—Era real. Pero no nos desviemos —continuó Dalí—. Cuando le regalé el caballo a Gala tuvimos que subirlo hasta la quinta planta del hotel por las escaleras. Pesaba muchísimo. Pues bien, este mediodía había vuelto a la vida. No estaba disecado y se movía iracundo. Entre tantos muebles y a oscuras, ha acabado precipitándose por el balcón y cayendo a la calle.

—Pero, Salvador... ¿Qué historia es esta? Poderosa imaginación.

—Es estrictamente verídica. Me he llenado de sangre al intentar reanimarlo. He sido el único en acercarse al pobre animal, que volvía a yacer sin vida. Naturalmente, he ordenado a los conserjes del hotel que volvieran a subirlo, aun destripado, y que llamaran a un taxidermista para que lo vaciara de nuevo.

—¿Y dónde está esa sangre de la que habla?

—He pasado por la sastrería Mosella a cambiarme antes de venir.

—Ya que ha pasado usted por allí... ¿Es cierto lo que dicen de La Pedrera?

—¿Qué dicen?

—Que le ha crecido una montaña rusa en el interior y que las piedras se han descolgado y ruedan hacia el mar.

—Sí. Eso es cierto. No he podido ni pasar al despacho que me dejó Gaudí. También he escuchado que las piedras de la fachada han hecho un agujero enorme en el paseo de Gràcia y que de él han salido cadáveres andantes. Muertos que fueron enterrados en un osario hace siglos por una epidemia de peste de la que ni san Roque los salvó. Esta ciudad oculta más de lo que muestra.

—Discúlpenme, pero ¿qué hacemos con este tipo? —añadió el retratista en voz baja en referencia al caballero americano que estaba sentado con ellos y que no había abierto la boca—. ¿Y si es un espía?

—¿Quién iba a querer espiarnos?

—No lo sé. ¿Primo de Rivera?

—Venga, actriz. Dígale usted algo, aunque sea en su pobre inglés.

—Bueno, que conste que se me ha olvidado casi todo. *Excuse me, who are you? What you do here?*

—*Me?*

—*Yes!*

—*I was having lunch at the Café Carlyle earlier today, and suddenly I ended up here, in this dark hell of a city. I mean, what the fuck happened? Maybe I'm ha-*

ving a stroke or something and this is my reality now. I guess I just have to roll with it. You know?

—¿Qué dice?

—No lo sé. No me he enterado de nada. Algo de Barcelona —respondió la Meller.

—Cojones con la internacional.

—Esperen. A ver... Lo vuelvo a intentar. *What you write in the paper?*

—*Me?*

—*Yes! You!*

—*Ideas for a future feature: a city where people from different times get to meet. But maybe I'll set it in Paris. Or London.*

—¿Y ahora?

—No lo sé, la verdad. Algo de París. Es que me pierdo. Me habla y creo que voy entendiendo, pero, en realidad, no.

—¿Y dice usted que interpretó a Oscar Wilde?

—Así es —contestó la actriz encolerizada—. Fui ovacionada por interpretar a Salomé, pero no en Inglaterra ni en las Américas, sino aquí, en el teatro Principal. ¿Cómo iba a haber conocido a Wilde? Si no tendría apenas uso de razón cuando falleció.

De pronto, entró al bar un hombre sudoroso que llegaba corriendo desde lejos. El hombre, de aspecto de otro siglo, gritó a todos los reunidos:

—¡Vengo de Montjuïc! ¡Dicen que ha aparecido un pueblo entero de la nada! Se llama Iberona, y hay obreros construyendo una fortaleza militar en todo lo alto. ¡Que lo mismo el capataz les ordena que lo construyan que les ordena que lo destruyan! ¡Y he visto una fuente lanzando colores justo en el momento de la explosión! ¿Alguien más ha visto algo semejante? ¿Qué diablos está pasando? ¿Y por qué está esto lleno de gente? ¿Quiénes son ustedes? ¿También van disfrazados?

—¿Qué es eso de Iberona? —preguntó el más viejo de los reunidos.

—¿No saben lo que es? —respondió el más joven.

—A ver. Calma, calma —interrumpió Dalí—. ¿Es que no se dan cuenta? Venimos todos de momentos diferentes. ¿No ven que hasta los amigos estamos unos más viejos que otros? —Los reunidos se miraron entre sí—. Atiendan. Ya he terminado el último castillo de naipes. Me faltan dos cartas para coronarlo, pero es igual. Aproximen unas velas para apreciarlo bien. Esas palmatorias de ahí. ¡Y díganle a Carles que no abra la ventana! No vaya a crearse una corriente.

—¿Por qué iba a abrirlas?

—¿Para que no nos quedemos sin oxígeno con tanta vela?

—Yo es que respiro muy poco, que soy muy pequeña —respondió la actriz.

—Céntrense, por favor —llamó de nuevo al orden el pintor surrealista.

Todos los clientes y los artistas del bar se colocaron alrededor de la mesa. Se creó un silencio teatral y Dalí orquestó sus esqueléticas manos:

—¿Ven estos siete castillos de naipes? Cada uno de ellos es una ciudad de Barcelona, pero pertenecen a épocas diferentes. He elegido cartas de colores diferentes para que los distingan bien. Así, una Barcelona pertenece a hace dos mil años, otra al Medievo, esta de aquí, a la época actual... ¡Bueno, a lo que cada uno considera su época actual! Esta, incluso, al futuro. Claro que, para algunos, será el pasado. Esto de los tiempos es relativo. ¿Entienden lo que digo?

—Más o menos...

—Pues observen con atención.

El pintor dio un brinco y se echó sobre la mesa. Derribó los siete castillos de naipes. El público reunido enmudeció y esperó antes de opinar, siguiendo las indicaciones de las manos imponentes de Dalí, que les pedían que permanecieran callados y fueran pacientes. El surrealista comenzó a construir de nuevo un castillo, pero solo uno y no con las cartas de un solo color, sino de diferentes barajas. Cuando acabó, dijo:

—Creo que sobran las palabras. Esta es, damas y caballeros, la Barcelona en la que nos encontramos: formada por partes de otras muchas y muy diferentes.

Los reunidos aplaudieron emocionados. Parecían haber sacado algo en claro. Las ovaciones fueron interrumpidas por la sufragista del grupo.

—Es todo muy elocuente, pero... ¿y la oscuridad? ¿A qué se debe?

—Para eso me temo que no tengo explicación alguna, aunque sí sé que una cosa se debe a la otra. Digamos que la oscuridad soy yo echándome sobre la mesa.

—Mal presagio es ese.

Mientras aquella tertulia de la *bohèmia daurada*

discutía las posibles causas del caos en la ciudad, en otro restaurante, La Puñalada, otro grupo de intelectuales, para dilucidar el origen de la oscuridad, se había reunido con la finalidad de encontrar formas de mejorar la situación de la ciudad y de que los barceloneses pudieran orientarse en el caos. Ambas reuniones estaban bien comunicadas gracias a los ágiles pies de un huésped de la pensión Els Quatre Gats que se había prestado a llevar la información de un restaurante al otro. Un tal Fermín, que decía estar en la ciudad para unas Olimpiadas de las que los comensales nada habían oído hablar.

El grupo encabezado por Dalí escribió en una carta la hipótesis sobre la llegada de la oscuridad que más fuerza tenía de entre todas, que resultó ser la de los castillos de naipes, y se la dieron a Cacho.

Estimados amigos, pintores, escultores, sinestésicos, patafísicos y arquitectos; compañeros de la forma y el color:

Hemos llegado a una conclusión. Estamos viviendo una superposición violenta de varias Barcelonas, cada una de ellas de un momento diferente del tiempo, venidas del pasado y del futuro. No hay otra explicación posible, o no se nos ocurre. No creemos que esto sea propiamente el cielo o el infierno, ni el limbo. No podemos saber si todo es fruto de la imaginación de una sola persona, pero eso tampoco lo podiamos saber antes, en tiempos normales. Nuestra conclusión es del todo empirica. ¿Qué piensan ustedes? ¿Logran sacar algo en claro? ¿Qué podrian hacer para ordenar el caos? Las calles sin luz nos asustan, no nos atrevemos a salir al exterior. Hay demasiada confusión. ¿Qué dicen? ¿Los hemos convencido? En tal caso, ¿cómo se construyen de nuevo siete castillos de naipes en una mesa donde solo hay sitio para uno? ¿Y qué hay del resto de las cartas, que son seis veces más numerosas que las visibles? ¿Donde están? ¿Es esta situación irreparable? ¿Vamos a tener que habituarnos a convivir en un mundo sin luz? ¿Moriremos de frío sin los rayos de sol? ¿Habrá ocurrido lo mismo en todo el territorio de Iberia? ¿Y en el mundo? ¿Nos quedaremos sin cosas que quemar? Solo tenemos interrogantes, es cierto. Y sobre ellos deliberaremos toda la noche. De ustedes esperamos que puedan idear alguna solución momentánea al caos, algunos paliativos ingeniosos. Agradecidos.

Dalí y cía.

11

La creación de los brillos

El arquitecto: Antoni Gaudí
El enemigo: Lluís Domènech i Montaner
El cronista: Josep Pla
La pintora: Lluïsa Vidal
El escultor: Joan Miró
El trampantojista: Josep Maria Sert
El sinestésico: Rubén Darío
La dramaturga: Rosa Maria Arquimbau

La pintora Lluïsa Vidal, la única mujer en el reducido grupo de la otra tertulia, leyó la carta de Dalí en voz alta tres veces. Los artistas plásticos no daban crédito a la hipótesis que aquel tal Salvador firmaba. Además, no sabían quién era. El único que había oído hablar del pintor, y que incluso lo conocía, era Joan Miró. Rubén Darío dijo que le sonaba, pero porque a él le sonaba todo el mundo, o bien porque los conocía o bien porque los confundía con otros, igual que confundía los sonidos con los colores, como buen sinestésico. Rubén cosía el mundo con su poesía simbolista, herramienta que utilizaba para huir de los pensamientos sobre la muerte que lo consternaban a menudo.

Después de la última lectura de la carta, Gaudí tomó la palabra:

—Sea cual sea la causa de esta oscuridad y de este

caos, no nos compete a nosotros ponerles fin, pero sí remedio.

—¿Y no es acaso lo mismo? —interrumpió el otro arquitecto de la mesa, Lluís, el creador del inimitable Palau de la Música Catalana.

—Me refiero a que, si no podemos devolver la normalidad a Barcelona, al menos tenemos la obligación de ayudar a los ciudadanos hasta que se solucione esta locura. Debemos dar luz a la ciudad; es nuestra responsabilidad como artistas.

—¿Qué luz vamos a dar? No somos ingenieros eléctricos —repuso Lluís.

—¡La luz del color!

Rubén anotaba aquella conversación en uno de sus cuadernos. Se percató de que apenas le quedaban hojas en blanco y se acercó a un hombre mayor que escribía unas crónicas en un rincón del café sobre un inmenso cuaderno de color gris. La última frase escrita era la siguiente: «Mucho mejor que las mujeres os dediquéis a freír huevos que a escribir. ¡A la cocina!». El anciano llevaba boina y sujetaba un pitillo en los labios; su aspecto era austero, pero también cercano. Sonriendo, pero sin mirar a Rubén, arrancó un par de hojas y se las dio, como si le hubiera leído el pensamiento.

—No pidan sopa, *si us plau. És aigua de rentar peus!* ¡Agua sucia! Dan ganas de levantarse e irse. Pidan, como mucho, huevos duros.

El sinestésico, ante los exabruptos del cronista, no se atrevió a decirle nada. Le dio las gracias y tomó las hojas. Le sorprendió que estuvieran fechadas en 1977, año que él, por mucho que se cuidara, nunca alcanzaría. Le entristeció la idea de no llegar a cierta edad, la inmensidad inabarcable del tiempo, aquel invento que hacía de trampa humana, de recuerdo acuciante del inexorable devenir triste del hombre. Le aterrorizaba la fusión definitiva con la nada. Apartó aquellos pensamientos, volvió a la mesa y siguió tomando notas.

—¿Se les ocurre algo? —prosiguió Gaudí—. Yo he estado reflexionando y creo que puedo barnizar los pavimentos de la ciudad, e incluso a las personas. La pátina hará que la poca luz que tenemos se refleje mejor.

—¿Cree que se dejarán barnizar?

—Si les decimos que, además de brillar, les estirará la piel, sí. Tengo cientos de envases con barniz. Podría movilizar a mis obreros en cuanto salgamos de aquí.

—Me parece buena idea.

—A mí también.

—¿No será peligroso? Si llueve, podríamos resbalarnos.

—¿Tiene pinta de querer llover? —clamó Gaudí—. ¡Si nos han robado el cielo! No hay nubes ni estrellas. Ojalá pudiéramos apreciar los celajes de la tarde. ¡Qué más quisiéramos! Pero no. Solo nos queda esta apabullante negrura.

—Se me ocurre algo que quizá pueda hacer yo, pero no estoy segura.

—Sus ideas suelen ser excelentes, Vidal.

—Gracias, Joan —respondió halagada la pintora—. Tal vez podría pintar los troncos de los árboles de blanco, y las farolas, las señales, los postes de correos y los tranvías y los bancos. No hay blanco más puro que el que utilizo en mis obras. Puedo usar el color de mi pintura *La violoncel·lista descansant*, el del vestido de la joven, y hacer así que la luz rebote e irradie claridad.

—¡Excelente!

—Y podría iluminar los chaflanes —añadió la pintora—. Pero necesitaría plata.

—¿Plata?

—¿Han entrado alguna vez en el ayuntamiento? Hay una sala que brilla porque, debajo de la pintura, hay placas de plata. Podría hacer lo mismo con los chaflanes.

—Creo que he leído eso en algún libro hace poco. ¡Adelante! Y usted, ¿qué propone?

—¿Yo? Bueno, dibujo buenos trampantojos.

—Pues pinte murales con mucha profundidad en las calles más estrechas de la ciudad. Que la luz entre mejor en ellas.

—Eso no me supondría ningún problema. Y, si lo ven conveniente, puedo buscar a don Lluís Graner. No hay nadie que haya inmortalizado mejor los candiles y las llamas en sus pinturas. Si los dibuja por las calles, alumbrarán.

—¿Y si usamos los vagones de los teleféricos? —El escultor desvió la atención de los reunidos, que ignoraron la propuesta de Sert—. Hay una opción para moverlos de forma manual. La diseñó el propio Carles Buïgas en caso de apagón. Si los pintamos todos de blanco y los ponemos en marcha, aclararemos parte del cielo de la ciudad.

—¡Una idea maravillosa! —contestó animada la pintora.

—También podría encargarme de decorar las

aceras con los azulejos brillosos de mis esculturas —siguió proponiendo Miró—. Las azoteas del paseo de Gràcia tienen muchos. Podríamos tomar prestados los amarillos gualdos que decoran los tejados de las casas de Antoni Rocamora y los de los frisos de los palacetes colindantes. Incluso cualquier azulejo valenciano con que nos topemos.

—Les doy permiso para que tomen también los del tejado de la Casa Batlló. O las que puse en el suelo de aquella iglesia en Sant Andreu... No recuerdo el nombre. La poca luz me nubla el entendimiento. ¡Con decirles que anoche soñé que me llevaba la Sagrada Familia a Nueva York en barco! —respondió Gaudí.

—¿No le importa que los cojamos? Los trataremos con mucho esmero y los colocaremos después en su sitio, aunque no podríamos asegurarle que no los roben.

—No pasaría nada. El arte ha de estar al servicio de Dios, primero, pero del pueblo después. Así que sí, ¡descamen el dragón!

—¿El dragón?

—¿Qué creen que descansa sobre el ático? ¿Un tejado de tres al cuarto como los que diseña ese caballero de ahí? —dijo refiriéndose a Lluís.

—Mejor quedarse callado que mancharse reprobándolo —le contestó el hombre.

—Mejor pecar que morderse la lengua y envenenarse.

—¡Haya paz! —El escultor medió entre los dos—. Rubén, ¿se encarga usted de darle la nota con nuestras propuestas al atleta?

—Con gusto.

—Pero dese prisa. Hemos de informar a la mayor brevedad a Dalí y su cuadrilla.

—Así lo haré.

—Perfecto. Marcho entonces —añadió Gaudí—. Si me necesitan, estaré trabajando en mi casa del Park Güell.

—¿No estaba viviendo en la Sagrada Familia?

—Sí, pero he oído decir que en las zonas altas la claridad es mayor.

—¡Fíjese! Seguro que ahora más de uno se arrepiente de no haber apoyado su proyecto residencial. ¿Cuántas casas quiso construir en el parque?

—Sesenta chalets.

—Y solo construyó dos.

—Estos burgueses son tan postineros que nunca aceptarían su error. Ahora mismo estarán huyendo hacia sus refugios de verano o a sus palacetes en Les Planes con el oro entre los dientes, cargando con pájaros exóticos enjaulados y joyas religiosas del mercado de Santa Caterina.

—Qué imaginación. ¡A trabajar!

El grupo de artistas se levantó de la mesa y se dirigió hacia la puerta en orden, tanteando el espacio con las manos. Al contrario que en el otro café, allí no había apenas velas encendidas. Antes de salir, una joven les preguntó si había algún pintor entre ellos. Joan Miró, embelesado con su belleza, se presentó.

—Necesito que alguien me tiña toda de rojo. El cuerpo al completo, desnudo, incluidos todos sus pliegues y secretos; también el cabello, las uñas y la voz.

—¿A qué viene tal deseo?

—Esta tarde noche estrenaré una de mis obras en el Teatret del Turó Park, *Marie, la roja*, y quiero estar preparada.

—¿Qué teatro es ese?

—Uno que han improvisado. Los dramaturgos han aprovechado la oscuridad total y la amplitud de los parques para hacer teatro al aire libre. Han creado un festival a la luz de las velas para entretener a la gente y que no aumente el pánico, al menos hasta que se encuentre una solución a la oscuridad. El primer pase será a las siete de la tarde.

—Pues yo puedo pintarla, faltaría más. A cambio, ¿recibiría algo?

—Si le parece, le pintaré un corazón en el pecho con mi barra de labios.

—Cójase de mi brazo, que el estudio no queda muy lejos. Si usted no se opone y la idea le es grata, iremos al apartamento de mis padres, situado en el pasaje del Crèdit. Si necesita pintura roja, allí la encontraremos.

—De acuerdo, pero cójase mejor usted del mío, que bien puedo guiarlo yo en lugar de usted a mí. No me hizo ciega el ser mujer.

—Desde luego que no. ¡Qué carácter!

—No es carácter, es personalidad. Y no es nada del otro mundo. Solo le extraña que no esté subyugada y domada. Acostúmbrese.

—A sus pies.

—¡Que no! Que se ahorre la cortesía.

—Mujer, ¿y qué digo entonces?

—Por mí, quédese callado. Está usted más guapo así.

—...

—Eso es. Calladito.

—...

Dos horas más tarde, mientras la dramaturga Arquimbau, ya en el Turó Park, se preparaba detrás del escenario para actuar pintada de rojo, los brillos de Gaudí, la pintura blanca de Vidal, los trampantojos y dioramas de Sert y los teleféricos y las estatuas altas de Miró, formadas con los azulejos de la villa, reflejaron con éxito, como faros en la oscuridad, la poca luz que había.

A aquellas hazañas artísticas se les unieron otras ocurrencias menores que también ayudaron a espantar el negro de Barcelona y que permitieron que, al marcar los relojes la llegada de la noche, la oscuridad no fuera a más: los balcones y las ventanas de toda la ciudad se atestaron de velas; en cada cruce se encendió un fuego que era alimentado con muebles antiguos y libros en mal estado y se levantaron enormes hogueras en las azoteas de los edificios modernos, siendo las cuatro más grandes las que ardían en las azoteas de la torre Mapfre, el hotel Arts, el rascacielos Neptú, construido dentro de las aguas del mar, y el Edificio Colón. También se encendieron dos grandes llamaradas de petróleo en lo alto de la torre de telecomunicaciones de Collserola y en la de Montjuïc, cercana a la llama olímpica, que volvía a arder. Al mismo tiempo, los adolescentes del barrio de Hostafrancs habían organizado *correfocs* para atravesar las calles principales de la ciudad vestidos de diablos y ataviados con estructuras metálicas de las que salían fuegos artificiales, portando bengalas e iluminando con la pólvora quemada; la madre de la niña enferma que había compartido sala con Vargas Llosa antes de su operación paseó con su hija por las vías menos iluminadas, ya que alrededor de su cuerpecito seguían bailando decenas de luciérnagas; las fábricas de jabones de la ciudad elaboraron enormes pompas que reflejaban la luz y las lanzaban desde la sierra de pinos blancos de Nou Barris, un cordal que escupía colores lentos, donde, además, varios fieles habían sacado a la Virgen de Fátima en procesión para pedirle que volviera la luz, al tratarse aquella escultura de la más blanca de la ciudad; otra de las decenas de procesiones que pedían el fin de la oscuridad fue la del Cristo de Lepanto, en la plaza de la Seu, pero las imágenes parecían ajenas a la hecatombe y miraban todas al suelo; los dueños de las cererías más importantes de la ciudad lanzaron grandes bocanadas de cera líquida desde los altos del Carmel, prendiéndola después y llenando de fuego los caminos de aquella barriada en cuesta, y los dueños de la fábrica Oliver cubrieron de flores fosforitas de plástico las aceras; los constructores de vías levantaron varios toboganes transparentes que comunicaban las fábricas de tintes con el mar, en un intento por colorear las olas de tonos dorados, platas y claros e iluminar así la playa; los trabajadores de la Canadenca quemaron carbón en la base de las tres grandes chimeneas, mezclándolo con vírgenes y santos que se iluminaban en la oscuridad, creando grandes nubes fluorescentes que relucieron sutilmente en el cielo. Y mil ardides más.

En cuanto a los rumores sobre lugares donde la electricidad no se había ido del todo, algunos eran ciertos. Además de las torres de la Sagrada Familia, tres locales habían mantenido la luz: la mayor tienda de Navidad del mundo, ubicada en la calle de los Banys Nous, que decoró las travesías del Gòtic con guirnaldas y farolillos; el interior de la Casa Vicens, cuyos dueños no compartieron el secreto con nadie, y la fábrica de tejidos Batlló, donde las ventanas permanecían siempre iluminadas.

El reloj marcó las siete y media y los actores del improvisado teatro del Turó Park, como otros tantos en el Teatre Grec, ya estaban preparados. Pronto comenzaría la función.

12

El parque de los moribundos

La cantarina: Sílvia Pérez Cruz
El dramaturgo: Roberto Bolaño
El moribundo: Jaime Gil de Biedma
Los hermanos: José A., Juan y Luis Goytisolo
El bigotudo: Freddie Mercury
El baloncestista: Magic Johnson

Un músico movía los dedos sobre una guitarra desinflada, de mástil arqueado, señal de que no le había cambiado las cuerdas en todos los años que había estado cogiendo polvo. Un pequeño loro descansaba encima del clavijero astillado, otro en el ala de su sombrero. Tanto el instrumento como el gorro los frotaba con alpiste antes de actuar. Con los pájaros encima le lloverían más monedas. A veces se entristecía pensando que el público no se interesaba por su música, sino por el espectáculo. Solía ponerse a cantar cada tarde en el Park Güell, sobre el cerro de las Tres Cruces, a la sombra de la mayor.

Esa tarde le había pillado la oscuridad de camino a casa. La ciudad se estaba quebrando y parecía insegura, así que tomó la decisión de resguardarse en uno de los parques de Sant Gervasi, en el Turó Park. Allí, un grupo de directores teatrales acabó contratándolo por un paquete de cerillas: animaría al público reunido en torno a un escenario improvisado a la luz de cientos de velas. Tocaría hasta que las obras de teatro comenzaran. El problema es que los loros, asustados por la oscuridad, se habían quedado en el Park Güell, y sin ellos el músico no sabía qué hacer. Tocó algunas escalas y silbó algunas melodías, pero el público no se animaba, hasta que se le unió una joven cantarina, de pelo negro y largo hasta el suelo y una voz preciosa, cuyo vibrato desmantelaba las ondas del aire y hacía volar hacia atrás a los insectos que flotaban alrededor de las velas. Juntos interpretaron una canción compuesta por ella: *Vestida de nit.*

Con la música de fondo, justo detrás de la improvisada plaza del Teatret, en un llano protegido por altos y frondosos arbustos, los diferentes dramaturgos ensayaban sus monólogos. Al no haber encontrado actores, interpretarían sus propios textos. Lo hacían casi en silencio. No querían que el público los escuchara ni molestar a los enfermos que se habían reunido en la zona paralela al parque.

Entre los dramaturgos estaban Arquimbau, que había llegado del brazo del escultor, desnuda y pintada de rojo; Josep Maria Miró, que ultimaba la representación de una obra de Manuel de Pedrolo en la que, si bien no llegaba la oscuridad, sí lo hacía la extinción de los hombres, y Roberto Bolaño, que agitaba las notas de su monólogo frente a sus propios ojos con la esperanza de que las palabras saltaran del papel a sus retinas y conseguir memorizarlas de una santa vez. A Roberto le costaba horrores aprenderse algo de memoria. Estaba acostumbrado a escribir, no a recitar. Aquella noche iba a interpretar a un actor que contaba en primera persona su muerte prematura, la interrupción de una carrera llena de cumbres literarias. Recordó haberse topado un par de horas antes con un señor disfrazado de Picasso que le había dicho que reconocía a los que iban a morir pronto, que lo sentía mucho. «¿Y si no fuera yo el que interpreto a un personaje, sino el personaje el que está interpretando mi propia muerte?» Se quitó las gafas y se dirigió al vacío con la visión borrosa. Se frotó los lagrimales y se deshizo de aquellos pensamientos. Continuó ensayando junto al resto.

El espectáculo musical del guitarrista y la cantante terminó y el público guardó silencio. El aforo se vio triplicado; las familias burguesas de los barrios de Sarrià, Sant Gervasi y Horta no habían querido quedarse en casa y prefirieron evadirse con el espectáculo teatral. La noche se preveía larga y dura. Acudió tanta gente que tuvieron que arrancar varias ringleras de árboles del parque, y de paso usar la madera en los miles de hogueras esparcidas por la ciudad. A las ocho, media hora después de lo previsto, comenzó la primera de las obras. Se trataba de una pieza breve que explicaba la desdicha de Cataluña en la historia. Al escenario salió un hombre descalzo, el único actor de la obra, y dijo que iba a recorrer, literalmente, «el camino de la nación que nunca será libre». Frente a él, el único decorado era una fila de clavos altos con las puntas hacia arriba. Puso un pie encima de la hilera y levantó el cuerpo hasta quedar en equilibrio. Al contrario de lo que el público esperaba, el pie aguantó sobre los clavos y no lo atravesaron. Sin embargo, sangró mucho, algo que no molestó al actor, que comenzó su alocución como si nada. Antes de hablar siquiera, la mitad del público se retiró. Temían un discurso infamatorio y no estaban dispuestos a escuchar un mensaje independentista. El resto observó expectante:

—Con este primer paso mi pie sufre muchísimo. Sufre como lo hizo Barcelona cuando entraron las tropas de Felipe IV antes de acudir a la guerra de los Treinta Años. Sufre como sufrieron los campesinos en el Corpus de Sangre y en la guerra dels Segadors. Y como los labriegos que vieron sus campos sembrados con sal.

Dio otro paso al frente, apoyó el segundo pie y levantó el primero, manteniendo el equilibrio. Ahora le sangraban los dos, pero su carne no cedía ante la gravedad y sus pies seguían sosteniéndose sobre los afiladísimos clavos.

—Con este segundo paso mi pie es bombardeado y sangra. Sangra como los barceloneses que recibieron las bolas de cañón tras la guerra de Sucesión por haber apoyado a los Austrias. Sangra como el pueblo que se despidió entonces de su lengua, de las instituciones propias y de las universidades.

Continuó con un tercer paso, de nuevo con el primer pie, que sangraba el doble, pese a que el rostro del actor no mostraba ni un ápice de dolor.

—Le duele a este tercer paso que mi tierra fuera castigada por haber apoyado a los carlistas, por ser menos centralistas que los isabelinos. De nuevo salimos perdiendo.

Dio un cuarto paso.

—Y ahora, la Semana Trágica, cuando se pretendió enviar solo a los padres de familias obreras a la guerra. ¡Adiós a la Escola Moderna y fusilan en Montjuïc!

Quinto paso.

—Dictadura y dictablanda. Mueren las libertades.

Sexto paso.

—La guerra bombardea Barcelona, la ciudad más arrasada de todo el conflicto. Se ensañan bien con nosotros.

Séptimo paso.

—Cuarenta años de dictadura y cuarenta años de enterrar la cabeza.

Octavo paso.

—El último de mis pasos. El que más dolor me causa. La visión de un pueblo dividido en dos. Unos vecinos con una bandera y los de enfrente con la otra. Ambos hijos de esta tierra. Familias enfrentadas y deseos incompatibles. Una raja que sangra a ambos lados de la herida.

Tras dar los ocho pasos, el hombre descendió de la hilera. Metió los dedos de la mano derecha salvo el pulgar en la herida que le habían causado los clavos en uno de sus pies; los untó bien de sangre, se abrió la camisa y se dibujó cuatro barras verticales y paralelas entre sí, como, según los libros de historia, se hizo con la sangre del viejo conde de Barcelona, Guifré el Pilós, en su lecho de muerte. El público aplaudió. Cualquiera hubiera pensado que el actor se había desangrado. Se sentó en el suelo de un salto y, sin previo aviso, levantó los pies al aire para que el público los viera bien. Para sorpresa de todos, no había ni una magulladura ni una sola gota de sangre.

—¡Pues no nos hicieron daño ni lo conseguirán! *Visca Catalunya!*

El público que no había abandonado el recinto, que manifiestamente apoyaba la independencia, se levantó del suelo y aplaudió. Encontraron la pieza de lo más emotiva. Se oyeron incluso aplausos provenientes de la zona del parque destinada a los contagiados con el reciente virus: el VIH.

No todos los centros hospitalarios quisieron prestar ayuda a aquellos enfermos. Sin los tratamientos indicados, el VIH terminaba adueñándose de los cuerpos y, convertido entonces en síndrome, condenaba al enfermo a una muerte segura. El hecho de que la ciudad se hubiera quedado a oscuras había ayudado a algunos directivos sanitarios a tomar una decisión drástica: echarían a aquellos pacientes moribundos a la calle y, con suerte, nadie se enteraría. Para cuando volviera la luz, habrían fallecido y nadie podría culparlos. Los enfermos, la mitad de ellos ya con el síndrome, frágiles y desmoralizados, no habían encontrado fuerzas para reclamar y aceptaron el forzado ostracismo.

Se resguardaron en el Turó Park. Por qué escogieron ese parque y no otro se debió a la decisión de uno de los contagiados, el poeta Jaime Gil de Biedma, que vivía en el vecindario. «Es uno de los parques mejor cuidados de la ciudad y más seguros, ya que es zona de ricos y estos, como afortunados que son, velan por que el barrio sea seguro, pese a que eso signifique privilegiar una parte de la ciudad y mirar hacia otro lado, como un cuento de hadas cuyos lomos tienen carcoma. ¡Pero necesitamos seguridad y tranquilidad! Así que acamparemos allí, junto a los plutócratas, sí, pero en paz.»

El poeta y tres de sus mejores amigos, los hermanos literatos Goytisolo, convencieron a los vecinos para que montaran un campamento en torno al lago del parque. Y los burgueses, que solían hacer obras de caridad para sentirse mejor, aceptaron. Aun trabajando a oscuras, organizaron un espacio seguro y provisto de camas, ropa de abrigo, comida y medicinas, así como de muchos libros, que decían los amigos que eran el mejor tratamiento para el alma, y si bien el síndrome era un mal que afectaba al cuerpo, el virus parecía tener un efecto en la psique que quizá pudiera tratar de consolar la literatura: el estigma social.

La recaudación llegó a oídos de la dueña de la enorme tienda de Navidad de la ciudad, y ella, de alguna manera sensibilizada con la causa, donó una treintena de tiras de guirnaldas que no habían perdido la luz. A primera hora de la noche, el lago del parque lucía bellísimo y bucólico. Varias casetas de madera lo rodeaban y protegían a los enfermos, recostados en camillas, todos ellos mirando hacia las aguas coloridas del lago. Las lucecitas, los calderos con vino especiado caliente, los bizcochos y los panellets, que los vecinos con más corazón habían preparado en hornos de piedra, dieron un tono otoñal y navideño a la escena. Se unieron la nostalgia de aquellas fechas con la propia que otorgaba un síndrome tan inmisericorde.

La última función de la jornada tuvo lugar a las nueve y media. El público que había circundado el teatro rodeó entonces la pequeña laguna y encendió velas flotantes sobre las aguas. Los tres Goytisolo encendieron una misma vela con el nombre de Julia, con la esperanza de que, con la confusión de los tiempos, volviera su madre, que había sido alcanzada por una bomba en 1938 al visitar la ciudad.

Después de en los cientos de velas encendidas, el público fijó los ojos en el poeta moribundo de esta historia, Gil de Biedma. Se había incorporado a duras penas en la cama y miraba a todos los presentes, aguzando la vista una última vez antes de expirar, porque la función no trataba de otra cosa más que de su muerte: hacer partícipes a aquellos barceloneses del momento en el que iba a abandonar el cuerpo para que el alma quedara confinada en la memoria colectiva de la ciudad que lo había visto nacer.

Se preparó para recitar unas últimas palabras después de reiterar que no moría de enfermo, sino de tristeza, de desencanto frente a la vida. Antes de decirlas, vio una luz del tono de la carne del níspero que brillaba en el interior de su apartamento, visible desde donde estaba. Alguien andaba allí a hurtadillas. ¿Quién? ¿Lo estaban buscando o estaban robándole? ¿Acaso importaba ya? Se regaló un último pensamiento: ¿y si se trataba de su propia alma que había abandonado parte del cuerpo y volvía a casa? Cerró los ojos, dejó salir unos últimos versos y murió:

Cuando saben los dientes a madera,
cuando el lecho se vuelve hacia la tumba,
cuando el cuerpo nos vuelve hacia sus cauces.

Tres hombres que compartían el mismo mal sanguíneo que el fallecido se levantaron de entre la multitud: Julio Cortázar, que en las últimas horas había aceptado cómo sería el final de sus días, Magic Johnson y Freddie Mercury, que estaban en Barcelona por las Olimpiadas. Apartaron la docena de coronas que la discoteca Bocaccio había puesto alrededor del poeta y se acercaron al magnolio bajo el que descansaba el cuerpo sin vida. La quietud y la atención de todos los presentes eran máximas. Los hombres agitaron el árbol e hicieron que floreciera, adelantándose a los días muertos de la primavera.

Todos los magnolios de Barcelona se adelantaron y tiñeron de blanco la ciudad.
Gil de Biedma, con su muerte, aportó más luz que nadie a aquella extraña noche larga.

Interludio I

Esta historia ha llegado al ecuador.

Carmen Laforet, la veinteañera de los primeros capítulos, seguía dormida. El reloj de cuco de sus tíos tocó las nueve de la noche, hora a la que cantaba con mayor brío. Resonaron los golpes de reloj por todas las estancias y Carmen quizá los oyó, pero no se despertó. Movió los pies y se estiró. Tampoco se inmutó cuando el apartamento tembló y varias molduras de los techos cayeron y levantaron ruido y polvo. Como sus familiares, que vivían de espaldas a ella, no consideraron avisarla siquiera del caos en la ciudad, nadie perturbó su sueño. Podía fallecer y no lo descubrirían nunca, o solo cuando el olor de su cuerpo inundara el resto del piso. Eso es lo que pensaba Carmen en ocasiones. Ella, que siempre había intentado rodearse de gente con luz y sonriente. Por eso dormía tanto desde que había puesto un pie en la ciudad: poco podía ofrecerle la vigilia en su nueva vida.

La joven dormía, pero no plácidamente. De vez en cuando emitía pequeños quejidos y se retorcía.

Sentía dolor en las piernas. Carmen soñaba con todo lo que estaba pasando en la ciudad, pero también que no podía caminar porque sus huesos se habían transformado en tierra y no podía mantenerlos enhiestos. Si intentaba enderezarse, sentía la arena acumulándosele en los tobillos, a punto de estallar. Pero ni siquiera la horrible pesadilla la desveló.

Y cuanto más dormía, más crecía. Carmen ya no era la adolescente del principio de esta historia. El cuerpo se le había estirado y ensanchado, y la piel lucía un tono más tostado. Unas ojeras crudas se le habían marcado en el rostro y las comisuras de los labios se sostenían menos gráciles.

Para cuando despertara, en el capítulo quince, le habrían crecido los huesos y los años.

13

El robo y el urinario

El ladrón: Jean Genet
El egipcio: Terenci Moix
El huido: Antonio Machín

Desde el piso del poeta fallecido se veía el lago del parque, y desde allí presenció su muerte Jean Genet, un futuro escritor francés de ojos hundidos, cejas ralas y mirada triste que, a sus veintipocos años, se dedicaba al robo y a la prostitución en la Ciudad Condal. Se sintió desgraciado por robarle a un muerto. Notó un dolor en la palma derecha de la mano, como el del nudo en la garganta. Eran los dedos pidiendo llanto. Agarró una pluma y un papel y dibujó líneas que caían de su cuerpo y se imprimían con abatimiento en el folio. Lloraba letras heridas.

Le entró la duda de si continuar o marcharse. Que la víctima fuera poeta le producía una mezcla de rabia y conmiseración. El ladrón echó de nuevo un vistazo al parque. Esta vez notó que, entre la muchedumbre, una persona lo miraba fijamente, y le resultó familiar. Pero ¿quién lo iba a conocer en aquel barrio? Sus amigos no salían del descampado del Paral·lel y ninguno iba nunca tan bien vestido como aquel desconocido. Genet tuvo tiempo de apreciar que el hombre se parecía a los dos que lo acompañaban. Debían de ser hermanos.

El mediano, de nombre Juan, sí que había reconocido al ladrón, pese a que procedían de épocas diferentes. Supo la identidad del poeta porque lo consideraba uno de sus mayores mentores literarios. Una simple silueta en la ventana de un apartamento iluminado por un tibio candil le había sido más que suficiente. Por eso no quiso avisar del hurto. El hermano mediano pensó que, si había quien se alimentaba de la carroña, Genet más que nadie debía tener ese derecho. No quería quebrar el camino del hombre que, años más tarde, marcaría a Sartre y a Cocteau. Pero el ladrón, aterrorizado por la siniestra escena de tres hombres quietos mirándolo desde el parque, pues al primer observador se le habían sumado dos más, apagó la llama, se guardó varias colillas de cigarros, que uniría y se fumaría por la noche, y se marchó. Abandonó el edificio y se sentó en la acera a escribir una frase en su diario:

Soy tan pobre y desgraciado que, aun saliendo de puntillas de un sitio de donde no sustraje nada, me acusarán de haber robado incluso los agujeros de las cortinas.

Descendió la ciudad y caminó hasta la fonda maltrecha en la que pernoctaba, construida al lado del teatro Arnau, a la espalda de la avenida del Paral·lel, donde los teatros Apolo y Condal, entre otros, animaban las noches. La escena de esa calle se había conformado a imagen y semejanza del barrio parisino de Montmartre. Habían aprovechado para ello su ubicación en medio del barrio Chino, también llamado distrito V y Raval, dependiendo de la época: un amplio descampado donde el juego, la prostitución, el robo y el crimen podían llevarse a cabo sin la asfixiante vigilancia de las áreas más pudientes de la ciudad. Un travesti de la zona, que se hacía llamar Rubén, solía bromear casi un siglo después sobre la ausencia de ley en el barrio diciendo algo así en sus espectáculos nocturnos en El Cangrejo:

—¿Vosotras creéis que, si yo cometo un asesinato ahora mismo en este barrio, vestida de esta manera y a mi edad, que me tomo el Sintrom con ginebra antes de salir a actuar y que con casi ochenta me conmutan todas las penas, voy a hacer salir de la cama al juez que está durmiendo a esta hora tan tranquilo con su esposa y su perrito en una torre en la Bonanova? ¡Ni en sueños, queridas! ¡Lo que ocurre en el Raval se queda en el Raval! ¡Zas! ¡Caso cerrado!

En aquella barriada, al menos a comienzos del siglo xx, el caos era el propio orden, y a Genet, por su condición de ladrón y de chapero, le había parecido un barrio idóneo para vivir. Allí era algo conocido y, si le salía trabajo y lo buscaban unos marineros holandeses o ingleses que querían follárselo por unas cuantas pesetas, sabrían dónde encontrarlo.

Pero no todo era miseria y discriminación: también había mucho color y mucha vida. Los teatros y los cabarets, como el Molino, antes llamado Petit Palais, antes llamado Petit Moulin, antes llamado descampado, derrochaban alegría; las cupletistas se subían al escenario y llenaban de medias verdades los oídos de los que querían escuchar; las zarzuelas del teatro Tívoli, las operetas y los vodeviles colmaban el barrio de tramas elucubradas y retorcidas; las partidas de juego amenizaban los atardeceres y en las noches todo el mundo se daba al placer, ya fuera en lupanares como La Criolla, donde Jean Genet era un asiduo, o en el descampado, debajo de las mesas sobre las que, horas antes, los marineros borrachos habían apostado lo poco que tenían jugando al póquer en timbas en las que las diferentes clases se batían entre sí, en una red fraternal que igualaba socialmente a todos, ya fueran putos, chulos, mendigos o carabineros. Las inmediaciones del Paral·lel en los años de Genet fueron un amasijo de barro lleno de clavos, hierbajos y sangre coagulada, pero que, como buena pasta moldeable, creaba formas impresionantes y mantenía en pie una colmena de vidas aceleradas, cortas y frágiles.

El ladrón recorrió la calle Tarragona a la luz de las velas. Se sentía como un muerto al que le indican su lugar de reposo. Allí presenció una extraña operación quirúrgica: a una mujer, a la que se le habían desprendido los vítreos, le colocaron detrás del cuello una placa de hierro y le sumergieron la cabeza en un charco de agua imantada, una sola vez y muy rápido. Al levantar el rostro y abrir los ojos, dejó de ver aquellas dichosas moscas que los grumos flotantes de los vítreos habían proyectado sobre su campo de visión. La operación, que tuvo que ser improvisada al fallar la electricidad del hospital y el aparataje láser, fue todo un éxito. La llevaron a cabo a los pies de la última escultura que había diseñado Miró, llamada *Dona i ocell*, que consistía en un enorme falo que, gracias a una hendidura en uno de sus lados, era también vagina, sobre la que se posaba un pájaro. Esa noche, del agujero perfecto del clítoris brotó una llamarada de fuego que era alimentada por los vecinos.

Al ver el pene ardiente, al francés le vinieron a la mente las obras de poesía visual de Joan Brossa. Pero al recordar el nombre del escultor, se detuvo confuso. ¿Quién era aquel Brossa? ¿Por qué le sonaba su nombre, pero, al mismo tiempo, le parecía que era la primera vez que lo escuchaba? ¿Dónde había visto aquellas esculturas? ¿Eran reales o se las imaginaba? ¿Y si aquellos recuerdos todavía no habían tenido lugar y habían colisionado varios Genet en uno mismo?

No logró sacar nada en claro.

Dejó atrás el inmenso falo de Miró, que daba la bienvenida a aquellos que se adentraban por primera vez en la ciudad siguiendo la tradición de la antigua Roma de tallar un miembro viril en las puertas de las grandes villas.

—¡Franchute! ¡Han apiolado al Mirones! ¡En el serrallo que hay en Colón! Y lo peor de todo... ¡Han quemado el urinario!

Al ladrón le afligió pensar que su amigo había fallecido, pero como todos los días moría alguien, le impactó más lo segundo: saber que el gran urinario había sido destruido. En aquellos meaderos públicos ubicados al final de las Ramblas, bajo la protección de la estatua de Colón, se reunían los hombres para dar rienda suelta a la imaginación. El sexo, para el colectivo homosexual de aquel momento, era, además de una satisfacción y de una necesidad, un instrumento para mostrar su presencia en la sociedad, una manera de protestar contra la asfixia general a la que estaban sometidos. Por lo tanto, la destrucción del meadero había sido un acto político.

Genet se encaminó hacia allí. Quería ver si era verdad que había tumultos entre el pueblo y las fuerzas del orden de la ciudad. Lo hizo detrás de dos amigas que iban de la mano: la Monyos, una señora célebre en el barrio por sus moños de casi medio metro de altura, acompañados de un maquillaje desperfecto y basto, y la Ocaña, pintor y travesti. Sujetaban dos antorchas altísimas, como cirios de Semana Santa.

Algunas calles más abajo se unió a la muchedumbre un grupo de travestis conocidas como las Carolinas, populares entre los marginados. Genet vio que todo el mundo se colocaba tras ellas, dejándoles la primera línea en aquel improvisado viacrucis. Cogidas del brazo, llevaban en sus manos ramos de flores carmines con lazos negros y vestían trajes de mantilla. Querían ofrecerle al urinario caído sus respetos, una jaculatoria desinhibida a aquel lugar que tanto había ayudado a los rechazados por el dedo divino del dios al que rezaban los de la zona alta.

Entre los atuendos de las travestis enlutadas, las velas y los rostros solemnes parecían formar una estantigua medieval, una escena similar a la que Jacopo Zucchi pintara siglos atrás en *El milagro de la nieve*. En un momento dado, un hombre vestido de faraona se unió a la procesión y se colocó al lado del ladrón.

—Vaya cejas. Pareces un águila. ¿Cómo te llamas, muchacho?

—Me llamo Jean, ¿y tú? —le respondió Genet, sorprendido ante aquel saludo.

—Terenci, ¡pero me puedes llamar Cleopatra, cariño! Que, aunque estas telas sean de Can Jorba, tú haz como si vinieran de Egipto. —Esto último se lo dijo en francés. El hombre había reconocido su acento.

—¿Cómo es que sabes francés?

—Querido, ¿qué no sabe Cleopatra? Además, en esta ciudad, si no chapurreas algo de francés, no te consideran erudito. Según en qué círculos sociales te muevas, así has de meter más galicismos o menos. Yo soy un afortunado, supongo, porque tengo un pie en la calle y el otro en la tribuna. Lo mismo recito en el Cristal City de la calle Balmes y acudo a Can Culleretes a comer con los Milà i Sagnier, o con escritores que me llaman invertido, como Pla, Cela..., que me pinto y me vengo al Raval. Robar no robo, pero si me encuentro algo curioso por la calle lo vendo en el Mercat dels Encants. En fin, así de polivalente soy. Un partidazo. ¿Y tú?

—¿Yo qué? —El egipcio le acercó al rostro la vela que sostenía. El fuego le erizó las puntas de las pestañas.

—Eres muy bello. ¿Qué haces en estas calles y a tu edad? Vuelve a tu país con tus padres. Aquí, si te descuidas un poco, te asesinan.

—Nunca conocí a mi padre, y mi madre, que era prostituta, se desprendió de mí cuando tenía apenas meses. Solo sé que nací en París, en un prostíbulo, y que allí moriré.

—¿Cómo puedes saber eso?

—No te lo vas a creer, pero me lo ha dicho el mismísimo Picasso. Me lo encontré hace un rato por la calle y me lo soltó en francés.

—Ese no se pierde una. Pero no tiene nada de vidente. ¿Y el resto de tu familia?

—No tengo familia. Me he pasado la vida en reformatorios y en el ejército.

—¿Eres militar?

—Qué va. Me echaron al pillarme follando con otro recluta.

—Vaya. ¿Te mereció la pena?

—A él sí que se la mereció. ¿Quieres comprobarlo?

Genet le guiñó un ojo. Para entonces, la procesión ya había llegado a los pies de la estatua de Colón, al que le habían colocado en el índice derecho una enorme lámpara de araña que iluminaba el cruce.

En efecto, el urinario había sido destrozado. De él solo quedaban montañas de piezas de argamasa con pedazos de azulejos despegados, de los que salían chorros moribundos de agua. Las Carolinas se acercaron a las ruinas, depositaron los ramos y se arrodillaron para rezar una breve oración. Los allí reunidos, plañideras esperpénticas, lloraban la monumental pérdida.

El ladrón y el egipcio se escaparon de la multitud y se refugiaron en el cine Diorama, que proyectaba una película de forma manual, girando el carrete y sujetando la llama de un candil. Se aburrieron y subieron a la azotea del local. Y bajo una manta espesa de oscuridad, hicieron las cosas de las que el urinario solía ser testigo, sin apreciar que, no muy lejos de allí, buena parte de la ciudad se iluminaba por un incendio en los almacenes El Siglo. Al parecer, habían ardido una Navidad y seguían atrapados en el fuego en aquel bucle espaciotemporal. Una hora más tarde, se sentaron en el tejado a fumar las colillas que Genet se había guardado en la pechera de la camisa.

—¿Ves aquel hueco en la pared? El que ilumina aquella pira de allí.

—Sí...

—Lo llamamos el *torn dels orfes*. Allí depositaban a los recién nacidos las madres que necesitaban desprenderse de ellos.

—Es un poco macabro, ¿no?

—Yo no lo veo así. —El egipcio recordó la suerte que había tenido el francés con su madre y se disculpó. Cambió de tema—. ¿Sabes que conozco la causa de mi muerte?

—¿También te lo ha dicho Picasso?

—No. Yo no he tenido el placer de cruzarme con él. Lo sé por la misma razón por la que mi hermana también lo sabe. Ambos fumamos como carreteros. Nos saldrá un enfisema pulmonar que descoserá nuestros pulmones. Yo moriré antes que ella. Pero Barcelona no me verá morir. Esta ciudad no se merece más muertes. La gente debería irse a vivir fuera de las ciudades bombardeadas para no herirlas más. En cuanto vuelva la luz, me iré al Empordà.

—Cuando vuelva la luz... dejaremos de existir, ¿no?

—¿Cómo?

—Tú y yo —respondió melancólico el francés—.

Nos separan varias décadas. Yo vengo de los años treinta y tú pareces del futuro. Si todo vuelve a la normalidad, no estaremos sentados juntos. O lo haremos, pero no como ahora, que tenemos la misma edad.

—¿En qué año naciste? —preguntó el egipcio.

—En 1910. ¿Y tú?

—En 1942.

—Cuando vino la oscuridad, yo estaba en 1931 —le informó el francés.

—Yo en 1962, el año que murió Marilyn.

—¡No jodas! Recuerdo su muerte.

—¿Cómo es posible?

—Empiezo a comprobar que tengo recuerdos que me vienen de mi yo futuro. Eso quiere decir que en 1962 estaré vivo —sonrió el francés—. Tendré unos cincuenta años. Y tú...

—Los mismos que ahora. Veinte.

—O sea, que sí, que podremos encontrarnos en el futuro, pero no vas a querer acostarte conmigo. Tendré treinta años más que tú. ¿O me dejarás que te folle igual?

Genet no escuchó la respuesta del egipcio. La atención del ladrón se vio desviada al atisbar a un hombre en la calle que llevaba una especie de violonchelo sin ninguna protección. Pensó que, si robaba el instrumento, podría venderlo en el mercado negro. El egipcio miró el rostro ausente de Genet, iluminado por llamas lejanas, y comprendió lo que estaba tramando.

—Debajo de mi casa toca un arpista ciego, y lo hace hasta muy tarde. Bien podría haberle robado el arpa, de gran valor. Pero no se roba a un músico.

—Es fácil dar lecciones con el estómago lleno. ¿Tú quieres que nos encontremos en treinta años? ¡Tendré que alimentarme!, ¿no? Dime, ¿adónde crees que va?

—Irá al Poliorama. Esta noche de madrugada tenía previsto cantar la Caballé. ¿La has oído? Es maravillosa. Su voz actúa como una droga de la que es imposible desengancharse. Más bella que el mismísimo Pasolini. Y te lo digo yo, que bien cerca lo tendré en Roma. ¡Oh! Acabo de tener mi primer recuerdo del futuro. Pero, bonito —Moix chasqueó los dedos delante del rostro del ladrón—, ¿de verdad que vas a robar a...?

—Lo siento, no tengo más opción. Supongo que volveremos a vernos, si no me matan antes. O si no nos oscurecemos del todo.

El ladrón se despidió del egipcio. Le prometió que lo buscaría en el futuro. Le dio un beso sobre la ceja derecha, en la que se tiñeron cuatro pelos de blanco, se levantó y fue corriendo hacia el teatro.

Genet bajó a la calle iluminando sus pasos con varios mixtos.

Debían de ser las once y media de la noche. No había nadie en la plaza de Vicenç Martorell. El silencio envolvía su sola presencia hasta que fue interrumpido por el sonido de unos granos de arroz chocando en el interior de un tarro. Un hombre, pertrechado con dos maracas, corría a oscuras como si lo estuvieran persiguiendo. El ladrón detuvo el paso de aquel hombre de tez oscura y le ordenó que le explicara de qué huía: «¡De los nazis! ¡Vengo corriendo desde París! ¡Suélteme, por Dios!».

No tuvo más remedio que soltarlo ante los codazos que propinaba. Se dijo que serían perturbaciones de aquella noche de tiempos mezclados.

Abandonó la plaza, comprobó que el músico al que quería robar el valioso instrumento había entrado en el teatro Poliorama y se sentó a esperar a que saliera.

14

La música acuática y el tiroteo

La soprano: Montserrat Caballé
El violagambista: Jordi Savall
La directora: Núria Espert
El tirador: George Orwell

El músico no llevaba un violonchelo, sino una viola da gamba. Llegaba tarde al ensayo, pospuesto a las once y media de la noche para que les diera tiempo a orientarse por la ciudad a oscuras.

La pieza que preparaban era una versión libre de *La valquiria* de Wagner. La idea de representarla en Barcelona la había tenido la soprano Montserrat Caballé. Le obsesionaba aquella creación y había logrado convencer a Núria Espert para dirigir la breve función y a Jordi Savall para poner la música. Caballé quería que el espectáculo fuera sutil y diferente, de ahí que una viola da gamba sustituyera la orquestación. Pero Savall intentaba mostrar a la cantante, con retrasos y acordes desafinados, que no debía contar con él, que a no ser que se tratara de una música histórica, ibérica, de raíces profundas..., o, en todo caso, de una ópera de Purcell, no tocaría a gusto.

Caballé obviaba las señales de descontento del violagambista.

—¿Dónde te has dejado la funda?

—Señoras, siento el retraso. He afinado el instrumento mientras venía y he perdido el estuche por el camino. Cuando me he dado cuenta de que había olvidado la funda, he notado que me seguían de cerca, así que no me he atrevido a volver a buscarla. He tenido que venir escondiéndome entre las sombras, evitando los fuegos que han levantado los bomberos. En fin, una odisea. A todo esto, ¿qué les pasa a las bambalinas? ¿Las habéis rasgado?

—Estaban así cuando hemos entrado. No sabemos nada —respondió la soprano.

—¿Has leído el *Diario de Barcelona*? —le espetó la directora.

—¿El de ayer? Claro. Y no hay nada sobre el apagón. Cómo iba a haberlo, si ocurrió después de que lo imprimieran.

—Me refiero al de hoy. Han sacado una tirada especial a media tarde.

—¿Hay electricidad en las imprentas?

—No. Léelo y lo entenderás.

El violagambista se acercó a una pequeña consola sobre la que había varios periódicos de una sola página. Savall cogió dos de ellos, el *Diario de Barcelona* y *La Vanguardia*. Ambos llevaban la misma información: habían pintado la portada de negro y no habían escrito nada por detrás. A Savall le pareció una broma de mal gusto, pero la directora lo consideraba una genialidad.

El violagambista se colocó a un lado del escenario y apremió a las mujeres a comenzar. Antes de tocar una sola nota, hizo un comentario sobre lo ideal que lucía Montserrat, que se había ataviado con un gorro alado para meterse en el personaje de Brunilda. La soprano sonreía complacida a la luz de las catorce velas que alumbraban el escenario, mecida por sombras que iban y venían. «Quizá no sea tan mala idea esta ópera minimalista», se dijo Savall.

Empezaron a tocar la parte escogida por la directora, que iba señalando la velocidad de la pieza y le indicaba a Montserrat cómo debía colocar la barbilla y hacia dónde mirar. Diez minutos después, el violagambista sintió que el corazón le daba un vuelco. Una fuerte explosión retumbó en el teatro. El estruendo coincidió con la frase gritada *so ist es denn aus mit den ewigen Göttern*, y una lluvia fina de cal y arena les cayó del techo.

Savall dejó de tocar, Caballé de cantar y Espert soltó las páginas que leía. Vieron que el techo estaba agrietándose. El eco de aquel estruendo dio paso a otros ruidos inconfundibles: un tiroteo tenía lugar encima de sus cabezas, en las dos torres del teatro que, en su día, habían servido de mirador astronómico.

Caballé recordó lo que había escuchado en la calle de camino al ensayo: el edificio de la Telefónica había sido tomado por el Gobierno central y habían expulsado de él a los anarquistas. Tal vez fuera la causa de la atmósfera bélica.

Espert, que era la que mejor conocía el edificio, con miedo a que el techo se viniera abajo se dirigió hacia unas escaleras en el lateral y convenció a los demás para que descendieran al depósito de agua que había debajo del escenario, construido por si alguna vez se producía un incendio. Allí, propuso, podrían continuar el ensayo protegidos de la lluvia de escombros. O interpretarían otra pieza para calentar, por ejemplo, la *Música acuática* de Händel. El segundo movimiento, el Adagio, era perfecto. Caballé imitaría la voz del oboe. Savall, que temía abandonar tan pronto el edificio por si el ladrón seguía esperándolo, aceptó. Y Montserrat también.

Los tres se sumergieron en la cisterna y dejaron el teatro vacío, con las butacas apuñaladas por casquillos puntiagudos y tejas.

El estropicio en el techo lo había provocado una granada que había explotado en la torre derecha del teatro, que quedó completamente destrizada. La habían lanzado hacia el cielo dos soldados desde la otra torre con la intención de herir la oscuridad.

Uno de ellos era el escritor George Orwell, que, ante la guerra que estaba asolando la ciudad de Barcelona, no se lo había pensado dos veces y había tomado un tren directo desde París para luchar contra lo que él consideraba que estaba propiciando el mal en el mundo, así como la oscuridad total en la ciudad: el fascismo. Tenía muy poca pericia como tirador, pero un espíritu luchador enérgico y entusiasta. Se parapetó en la torre que continuaba en pie del teatro y se dispuso a disparar contra el cielo.

El otro militar que lo acompañaba en la torre no tenía nombre. Decía ser un miliciano desconocido, en parte salido de la ficción, y que ni él mismo conocía sus orígenes, aunque sí su causa, pues era la misma que la de Orwell: destrozarle las fauces a la bestia fascista.

—¿Por qué no te quitas el abrigo? ¿No te cuesta disparar con él?

—Siento que me protegerá. Me lo dio un amigo en París. Él decía que no creía en mi causa, pero sé que me deseaba lo mejor. Tú sí que te has quitado el tuyo, por lo que veo.

—¡Si a eso se le puede llamar abrigo! Son parte de las bambalinas del teatro. Las he rajado para hacerme esta pelliza y soportar el frío que ha traído la noche.

—Como si en esta ciudad hubiera habido alguna vez otra cosa más que noche. Una eterna e injusta. Menos mal que el pueblo parece haberse despertado.

—¿Sabes de dónde provienen los disparos? ¿Serán de los nuestros?

—Entre nosotros estamos muy divididos, es cierto, pero dudo mucho que así sea. En todo caso, la oscuridad es hija de la alimaña conservadora, de los filisteos sin visión de país, de eso estoy seguro. Y debemos batirnos contra ella. Por lo tanto, si disparamos a las tinieblas que pueblan los cielos, nuestra causa no será en vano. ¿Para qué nos hemos subido aquí si no?

—Todo sea por nuestras plazas futuras.

—¿Qué plazas?

—Las que recordarán nuestro valor si luchamos de forma patriótica. Algo me dice que los barceloneses bautizarán su callejero con nuestros nombres.

—¿De qué puede servir la posteridad si no quedan hombres para verla? Ni luz. Razón de más para que no nos tiemble el pulso. ¡Dispara pues, *milicià desconegut*!

Los dos hombres siguieron pegando tiros al cielo.

Un lienzo oscuro de destellos efímeros y dorados. La ciudad, a poco de llegar la medianoche, se había convertido en un campo de batalla donde personas de mundos diferentes se disparaban entre sí; prueba de ello, la enorme ametralladora colocada en la letra O del cartel del hotel Colón, en la plaza de Catalunya, y los hombres que, vestidos como los contendientes de la batalla de Waterloo, se encañonaban en el mismo lugar, quienes, con la oscuridad, se habían creído sus roles en la recreación de la batalla que había traído la Expo del 88 a la ciudad. Otro indicio del carácter bélico que tomó aquella noche Barcelona fue que la zona subterránea de la ciudad la abarrotaron mujeres, niños, ancianos y enfermos: casi veinte kilómetros de túneles y numerosos búnkeres, tales como el refugio 307 de la calle Nou de la Rambla o el de la plaza del Diamant. El subsuelo protegía más que los desnudos edificios, entre los que las balas volaban y sobre los que empezaron a proyectarse, cuando la luz del fuego lo permitía, sombras de bombas futuras. El pueblo se sentía en guerra y presentía un destrozo mayor: la destrucción total de la ciudad. La oscuridad había traído consigo la pólvora y la muerte.

Por ello, estudiantes universitarios, profesores y escritores decidieron juntarse para comprender lo que ocurría y ponerle una solución definitiva, y no solo paliativos como habían hecho los artistas horas y páginas atrás.

Se avisó al Sindicato Democrático de Estudiantes de la Universidad de Barcelona, creado en la sombra y de espaldas al régimen político vigente. Delegados de todas las universidades formalizaron aquella organización y propusieron una reunión para esa misma madrugada. El reto del sindicato estaba claro: debían ser capaces de avisar a los estudiantes, diletantes e intelectuales del lugar donde se iban a reunir sin que la policía y las fuerzas de seguridad y de inteligencia lo averiguaran. Necesitaban difundir el mensaje de forma clandestina, y aquella responsabilidad cayó en las manos de una sola persona: una joven escritora y periodista.

15

Las palomas mensajeras

La periodista: Montserrat Roig
La palomera: Mercè Rodoreda

La jovencísima periodista se llamaba Montserrat Roig, una escritora barcelonesa empeñada en cortar los alambres de un sistema que asfixiaba y desdibujaba las libertades.

A medianoche, Montserrat se citó en su casa con los organizadores del sindicato estudiantil, no muy lejos del paseo de Gràcia. Acordaron avisar al resto de los participantes de la reunión clandestina contra la oscuridad, que comenzaría a las dos de la mañana en un convento de la ciudad. Allí estudiarían si detrás de la falta de luz estaba el fascismo. Prometió a sus compañeros que haría llegar el mensaje a los quinientos afiliados.

Cerró acta, les estrechó la mano y se despidió hasta más tarde. Apagó las velas, abrió las ventanas para que huyera la voluta que habían creado el tabaco y las mechas extintas y se dirigió a casa de la escritora más célebre de Cataluña: Mercè Rodoreda. La razón por la que la periodista pensó que Rodoreda podría ayudarla a expandir el mensaje era el número de palomas mensajeras que guardaba en su vivienda, más de cien.

Llegó a su casa en pocos minutos. La llamó a voces desde la calle y Mercè se asomó al balcón desde el que se veía toda la plaza del Diamant. Se alegró de encontrarla allí. Subió hasta la primera planta. Apoyada en el quicio de la puerta la mujer estaba escribiendo unos versos, que le enseñó:

Míralos, tienen los ojos como los caballos...
que no saben ni cuándo están vivos ni cuándo
los matan.

—¿Qué le parecen? Los escribí para una novela con la que llevo toda la vida.

—Son bastante expresivos.

—¡Pase, por favor! No se quede en la puerta.

Atravesaron un laberinto de moqueta, de flores rarísimas que Montserrat nunca había visto y de libros escritos en catalán, y se acomodaron en el salón. La joven le contó el plan, así como el papel que desempeñarían sus palomas y sus minúsculos columbogramas.

—¿Y si no vuelven nunca? Mire que, sin sol, qué van a ver. Se me van a perder y me quedo sin los zureos ni el olor a pueblo.

—Le aseguro que lo harán, Mercè. Ellas se orientan sin luz mejor que nosotras.

—¡Me asegura, me asegura! ¿Y cómo puedo estar yo segura de ello?

—Volverán porque haremos que vuelva la luz. Escuche, si no nos damos prisa y hacemos algo, todo se hará añicos. Hemos analizado el pavimento de la ciudad y hay miles de sombras de explosivos proyectadas sobre nosotros.

—¿Sombras en una ciudad de luces muertas?

—Sí. La poca claridad azulada que riega la ciudad y la luz del fuego nos han permitido descubrir los proyectiles. ¿Y sabe qué? Son las mismas bombas que cayeron en la guerra civil, que fueron el setenta por ciento de los explosivos que se dispararon en toda la península. La diferencia es que ahora, si no nos damos prisa, caerán todas a la vez, y formarán tal masa de aire caliente y de fuego que Barcelona desaparecerá. ¿Se lo imagina usted? No solo la plaza de Sant Felip Neri sufrirá los estragos de los proyectiles. ¡Toda la ciudad lo hará!

—Tranquila, mujer. Que me asusta con tanto griterío y tengo ya una edad.

—Lo siento mucho. —Montserrat se sintió avergonzada, pero continuó hablando—. Escuche... Calculamos que, antes de que pase un solo día más, las bombas lo destruirán todo. También a sus queridas palomas. Por eso es necesario intentarlo.

—¿Y cómo están seguros de que esas bombas son las de la guerra civil? ¿No serán anteriores? La mezcla de tiempos es total. ¿Verdad?

—Hasta donde sabemos, si bien sí que parecen haberse mezclado todos los siglos, las épocas más alejadas del siglo xx se manifiestan con menor intensidad. Quizá los responsables de todo esto sean de nuestro siglo y esa sea la razón.

—¿Adónde tendrían que ir?

—¿Quiénes?

—Mis palomas.

—¡Ah! Tengo la lista de los sitios donde se han escondido los estudiantes; están a la espera de nuestro mensaje, que les indicará el lugar del encuentro. Se refugiaron en las zonas más altas de la ciudad, accesibles a pájaros mensajeros y a señales lumínicas: en el interior de las nueve torres que han aparecido en la fábrica textil Iberia Industrial; sobre el depósito de las aguas de la Ciutadella, donde han improvisado una especie de biblioteca debajo de las arcadas; en la torre de las Aigües de Dos Rius, frente al Tibidabo; incluso en esa enorme torre espantosa de metal que ha surgido en Collserola. ¿La ha visto?

—¿Qué voy a ver yo? Si estoy medio ciega.

—A veces emite unas chispas de luz y se deja ver, aunque también esté a oscuras. Da miedo. Es inmensa. ¿Adónde querrán mandar mensajes con eso? ¿A Marte? ¿A Dios?

—No habrá formas más fáciles de hablar con Dios... Yo lo hago todos los días. Al levantarme y antes de acostarme, justo después del wéstern que veo en el cine y de la novela negra que leo en esta butaca. Todas las noches. Tengo el piso de Ginebra inundado de ellas. Y el de París. De hecho, ya se va haciendo tarde, así que debería leer e irme a dormir. Que sol no habrá, pero el reloj interno no me falla.

—Entonces, ¿nos presta sus palomas?

—No lo sé... Supongo que debería, ¿verdad? Aunque le voy a decir algo: hay ciertas cosas en esta ciudad que, si caen las bombas, mejor que mejor. Como la torre esa horrible que dice de metal, ¿verdad? ¡Y la Sagrada Familia! Tiene demasiadas ondas y demasiados picos. Un horror. Pero sí, use las palomas.

—¿Y usted no va a hacer nada para acabar con el fascismo? —preguntó la periodista extrañada.

—Mucho me temo que eso es imposible, joven.

—No es imposible. ¿Acaso hemos de relegar al

olvido a Pere Vives? Dicen que, cuando estuvo prisionero en los campos de concentración nazis, se golpeaba los dedos con el martillo de lo débil que estaba.

—*Pobret*...

—El mal acabó con él; le pusieron una inyección de gasolina en el corazón.

—¿Cómo sabe tanto?

—No pierdo el tiempo. Y, para una certeza que tengo, pienso luchar hasta el final. Sé que es contra el fascismo contra lo que luchamos. Contra el fascismo y las dictaduras.

—¡Pero a veces no se puede luchar más! —Aquella mujer, que la periodista habría descrito como una señora de pelo cano, de risa aguda, labios que querían reír y ojos melancólicos, transformó su dulzura en impetuosidad—. No se lo quería decir para no desanimarla, jovencita, pero hoy no me iré a la cama en cuanto nos despidamos, sino al exilio. Nos vamos los que llevamos tiempo luchando por la libertad. Estamos agotados y nuestras vidas peligran.

—¿Cómo que se van? ¿Quiénes?

—La lista es larga y es mejor no dar nombres.

—¿Y quiénes lucharán, entonces?

—Ya hemos hecho suficiente aquí. Yo ya tuve que emigrar de joven. ¡Y en la vejez, me toca otra vez! ¡Caprichoso es Dios!, ¿verdad? En fin, que sí, que le prestaré mis palomas, pero con una condición: que venga a darles de comer en mi ausencia. De lo único de lo que me he dado cuenta con el paso de los años es de que los más inocentes son los animales. Si quiere, puede venir a escribir aquí. Le dejo unas llaves. Pero cuidado con los muebles. Son de mi abuelo, que en paz descanse, del anticuario que tenía en la calle de la Palla. Trabajaba allí de trapero. Y le aseguro que todo está en perfectas condiciones, salvo el espejo, que está *trencat* desde hace mucho tiempo, y así quiero que permanezca, porque a veces los objetos son los protagonistas de una historia, ¿verdad?

—Gracias, Mercè. Descuide, que tendré cuidado.

—Desde el balcón hay unas vistas preciosas. Eso sí, cuando venga el casero a por el alquiler, no le diga mi nombre verdadero. Él me conoce como la Natàlia, una mujer que va los domingos al Monumental a beber vermut y comer pulpitos. No pregunte la razón, aunque deduzco que ya la sabrá. —La anciana le guiñó un ojo y se levantó para darle el juego de llaves.

—No sabe cuánto le agradezco su generosidad.

—Venga, que la ayudo a engancharles los mensajes y me marcho. Supongo que a ambas nos están esperando, a usted aquí y a mí en el extranjero.

—Gracias de corazón.

—Y llévese este tortell de Sant Antoni. Pero no le dé al hombre de la jaula.

—¿Qué hombre?

—Al preso, el que está en mitad de la plaza.

La periodista miró a través de la ventana, pero no vio a nadie. Aceptó la pieza de torta y le aseguró que no la compartiría con nadie. Y la palomera se aprestó a colocar los mensajes en las patas de las aves. A cuatro manos, no les llevó mucho.

Las mujeres abrieron las ventanas de reja del ático y dejaron que las palomas volaran. Para evitar que se perdieran, les habían ungido sobre el manto un óleo hecho con aceite, miel, pimienta blanca y restos de una pintura ambarina brillante, así como ceniza proveniente de la quema de estampitas de santos catalanes. Así se verían mejor.

El cielo oscuro de Barcelona fue cubierto por una bandada de palomas refulgentes. Parecía un lienzo, una pintura expresiva y lumínica de Llort. Las aves no llevaban una ramita de olivo en el pico, pero sí la única esperanza que le quedaba a la ciudad.

La primera de todas las palomas fue a posarse en el balcón de Carmen Laforet. Se lanzó contra las portezuelas varias veces, hasta que logró que una de ellas cediera e irrumpió en la habitación. El sueño de la veinteañera, que durante los últimos episodios se ha mostrado infranqueable y firme, se rasgó, y el cuerpo recuperó la consciencia.

Carmen salió del letargo. Había soñado con un pueblo levantino que nunca había visto: Beniteca. Bostezó, abrió los ojos y, al estirarse, dio una patada a un mueble, que volcó y causó un gran estruendo. El ruido la hizo incorporarse de un salto. Se quitó los tapones de los oídos y escuchó el aleteo y el zureo de una paloma en su habitación. Alargó la mano al interruptor, pero la lámpara no se encendía. «¿Cómo se pinta la claridad sin la oscuridad?», pensó. Recordó la ida de la luz. Tanteó la mesita de noche, buscando la caja de los mixtos con los que había quemado la nota mágica, y encendió un candil. Le entraron unas ganas irrefrenables de fumar. Le pareció que alguien gritaba «¡Nonna!». Se quedó quieta para escuchar con atención, pero solo distinguió el latido de su corazón.

La llama iluminó el estrecho cuarto. En efecto, una paloma volaba nerviosa sobre la cama. Buscaba algo con lo que ahuyentarla hacia la ventana cuando la paloma, con un astuto movimiento, dejó caer el mensaje que llevaba y se marchó por donde había venido.

La joven abrió el canutillo, desplegó la nota, la acercó al candil y la leyó:

Estudiante, intelectual... Tras la oscuridad y el consecuente caos en toda la ciudad, las sombras de la guerra y de la dictadura apuntan ahora al corazón de esta ciudad. Varios miembros universitarios hemos formado el Sindicato Democrático de Estudiantes de la Universidad de Barcelona para intentar pararle los pies al fascismo. Nos vamos a reunir a las dos de la mañana en el convento de los Capuchinos de Sarrià. Barcelona le necesita. Acuda.

Carmen apartó el mensaje y quiso dirigirse al balcón, pero, al levantarse, notó dolor en las articulaciones. Descubrió horrorizada que el cuerpo le había crecido. Parecía tener cuarenta años y no veinte. Reconoció el dolor que había sufrido de pequeña en los huesos. Se recostó en la cama y rezó hasta dormirse. Lo último en lo que pensó fue en las palabras que un tal Sender le escribiría una vez:

Siento una enorme ansiedad
porque no me avengo a ser viejo.

16

El bibliobús

El gramático: Pompeu Fabra
El poeta: Antonio Machado
El dibujante: Josep Bartolí

Las mujeres se despidieron. La periodista se dirigió al cónclave y la palomera ultimó los preparativos antes de exiliarse. No tardó mucho; estaba lista para partir. Se cercioró de que no se dejaba ninguna vela encendida y tomó una para guiarse por la calle. Bajó las estrechas escaleras de la casa y puso rumbo hacia donde había quedado con sus compañeros para huir: el cruce que había entre la Diagonal y el paseo de Gràcia. Allí encontró a sus amigos, todos escritores, vaciando un vehículo de libros. Era un bibliobús, una biblioteca pública instalada en un autocar. Había sido creado por el Servicio de Bibliotecas del Frente del Gobierno catalán con la intención de llevar la cultura a los jóvenes soldados que estaban luchando contra la oscuridad y el fascismo para que aprendieran al tiempo que defendían el territorio. Los libros estaban fabricados con fibras de setas de olivo, unos hongos con enzimas bioluminiscentes.

Aquel autobús vacío iba a transportar a una veintena de personas. El vehículo saldría de Barcelona y atravesaría el Empordà hasta cruzar la frontera y llegar a Perpiñán, donde serían libres y, con suerte, volverían a ver la luz.

La palomera saludó cariñosamente a Fabra, el gramático que más había hecho por la lengua catalana en la historia contemporánea. Estaba muy alterado. Aseguraba que había intentado dar clase en la universidad hasta el último momento, cual *Hannibal ad portas*, pero le había sido imposible, pues los tiros llegaban hasta algunas aulas del edificio —las orientadas hacia la montaña, por donde estaba entrando el fascismo en la ciudad.

—De milagro no me alcanza una de esas balas.

—Gracias a Dios que no ha pasado.

—¿No te has traído ninguna paloma? Con lo que te gustan sus zureos.

—¿No las has visto volar? Han llenado el cielo de Barcelona.

—No me he dado cuenta.

—¿Se habrá ido también la luz en Francia?

—No creo. Cada país tendrá la suya. ¿O acaso es el sol de Iberia el mismo que el de Siberia? Intuyo que solo se ha ido en esta ciudad. Ya lo descubriremos.

—Ojalá podamos volver pronto —le contestó la palomera—. No me espero nada bueno del viaje. Me siento extraña. A veces tengo la convicción de que ya he hecho este trayecto antes, y me siento más joven de lo que me veo en el espejo. Otras pienso en mi hijo, y, acto seguido, no lo recuerdo. Estoy bastante confundida.

—Es la falta de luz, que lo está mezclando todo.

Lo que no sabía Rodoreda era que, volviera o

no la luz a Barcelona, ella no lo haría hasta pasados treinta y tres años. Pese a encontrarse en el cuerpo de una anciana, al abandonar Barcelona volvería a tener la edad de cuando emigró en el bibliobús del exilio: treinta años. La dictadura que siguió a la guerra civil le impediría regresar.

Los intelectuales amenazados estaban listos para partir. Encajados en el autobús, dieron la señal al conductor para que espabilara a los dos caballos que tiraban del vehículo. Le pidieron que pasara antes por la fuente de Canaletes, pues se decía que quien no bebía de ella antes de marcharse de Barcelona no volvía a la ciudad. Al llegar, les llamó la atención un hombre junto a un puesto de sodas multicolores, pero no le compraron ninguna. Tampoco se hicieron con los higos con chocolate que trocaba una vieja a cambio de cerillas sin usar. Bebieron la inconfundible agua de Cataluña, cuyo sabor desagradable, como a agua de ostra, sí que no iban a echar de menos, y huyeron. Rodoreda no bebió. Decía no tener sed.

La segunda y última vez que se detuvieron fue para recoger a un escritor que quería exiliarse también. Aquel hombre lloraba mientras lamentaba lo profunda que era su pena. Le explicaron que, si quería acompañarlos, debía, por falta de espacio, ir tumbado sobre el regazo de los demás, postura que tendría que mantener ocho días, que eran los que iba a durar el viaje. El escritor, que se apellidaba Machado, rechazó la invitación. Su salud no resistiría algo así. Se exiliaría de otra forma.

Además, sentía que la ciudad y el país lo necesitaban aún.

Machado se alejó calle abajo. Casi lo derriba un joven corriendo, que se paró a pedirle disculpas. El hombre creyó reconocerlo y se le humedecieron los ojos.

—¿¡Qué te pasa, muchacho!? Casi me tiras y ahora lloras.

—Lo... Lo siento en el alma. Perdóneme.

—¿Adónde vas con tanta prisa? ¿Vuelve acaso la luz?

—Hacia ella huyo. Me dirijo al exilio.

—Al exilio. Yo soy el exilio, ¿sabes? Lo seré en cuanto muera. Qué vida y cuánto dolor. No irás a coger el bibliobús, ¿no?

—¡Sí! ¿Cómo lo sabe?

—Uno intuye y acierta. ¡Corre! Que ya se puso en marcha.

El joven, un dibujante llamado Josep Bartolí, no logró encontrar el bus, pero pudo huir también. Aun así, hasta encontrar la paz, pasó por siete campos de concentración franceses y por uno alemán. Dejó inmortalizado en sus dibujos el horror vivido en aquellas ratoneras.

Machado, por su parte, quiso meter en el mar los pies hinchados de tanto caminar. Descendió hasta las playas, donde se cruzó con la otra mitad del exilio.

Se tragaron las olas nave y cargamento,
que con ellas los tiburones compartieron.

VERDAGUER
La Atlántida

17

Las naves de los locos

El mago: Gabriel García Márquez
La poetisa: Cristina Peri Rossi
El pianista: Enrique Granados
El cuerdo: Pere Calders
La inspirada: Rosa Regàs

El mar...

Los que decidieron que no se exiliarían por tierra lo intentaron por mar. Habían tomado esa decisión porque deseaban irse lejos, hasta Rusia o Iberoamérica.

Entre ellos se encontraba un mago que quería volver a su tierra, Colombia, pero no con una mano delante y otra detrás, sino con todo su equipaje, que estaba formado por las ideas que había almacenado en su estancia en Barcelona. El mago se dedicaba a la escritura. Cada vez que tenía una idea y la escribía, se materializaba a su lado. La madrugada del apagón, el mago había logrado hacerse con ocho mulas de carga y un amplio carro, sobre el que había construido un andamiaje robusto y alto donde pudo cargar todas las cosas que había imaginado. Y partió hacia la playa. Nueve kilómetros había entre su casa, ubicada en la calle Caponata, en el próspero barrio de las Tres Torres, y la bocana del puerto.

Fue un milagro que no encontrara ningún obstáculo insalvable en el camino, solo la asfixiante oscuridad, contra la que luchó con grandes teas enganchadas a las orejas de las ocho mulas de carga de su vehículo fantasmal. El trote fue ágil y el andamiaje se mantuvo estable. Solo al llegar a las Ramblas hubo de ralentizar el paso y conducir con tiento. El mago encontró el suelo de aquella arteria de Barcelona lleno de flores, con las que las mulas se resbalaban de cuando en cuando. Minutos antes, había pasado por allí el cortejo fúnebre del considerado mayor poeta de Cataluña: el escritor y sacerdote Verdaguer. La oscuridad lo había despojado de su alma. Al mago le supo mal deformar la alfombra floral, pero no le quedó otra. También desmenuzó las flores y la corona de velas que varios espontáneos habían formado frente al mercado de la Boqueria en honor a las víctimas que habían fallecido una hora antes por la inmolación de un yihadista.

Marchitas las flores, Gabriel, que así es como se llamaba el mago, llegó al puerto. Logró orientarse gracias a la luz que emanaba del mastodóntico Edificio Colón. Los distintos clubes de fumadores de la ciudad se reunieron en los ventanales de aquel edificio para hacer de faro al pueblo. Cada pocos segundos, miles de cigarrillos, ofrecidos gratuitamente por la Compañía General de Tabacos de Filipinas, la primera multinacional del país, creada por Antonio López y López, quien, además de traer tabaco, azúcar y copra, vendía esclavos, se iluminaban y formaban un manto vertical de puntos lacres incandescentes; un tejido vivo que respiraba por sí mismo.

Al llegar al mar, Gabriel no había perdido ni una

sola pieza: máquinas de la memoria llenas de recuerdos, mujeres de serpientes de oro en los brazos y diamantes en los dientes; hilos de sangre, espejos de cristal de roca, viejas risueñas, gatos despeluchados, artefactos todavía no inventados, trozos de tierra del color del cielo, enredaderas, bloques de hielo protegidos como si fueran oro, orejas de ganchillo, rabos de cerdo... A aquella carga se le sumaban las personas petrificadas que el mago había atropellado bajando la calle: los mimos de las Ramblas. Pensó que también cargaría con ellos hasta Colombia, que le vendrían bien a su obra literaria.

Buscó un barco grande de altas arboladuras y velas ondeantes. No quería que la carga se quedara en tierra o nunca escribiría la novela por la que sería conocido mundialmente. Eligió el mayor carguero de todos y montó en él las ideas materializadas al ritmo de unos martilleos que sonaban a escasos metros de allí. La melodía atronadora provenía de las *drassanes*, es decir, de las atarazanas reales donde los trabajadores navales construían naves sin motor eléctrico, naves que marcharían gracias a la acción del propio cielo aventando o al haber incorporado antiguos sistemas que solo necesitaban fuego y carbón para producir el movimiento. A vista de pájaro, el puerto de Barcelona era la zona donde había más bullicio, pese a estar peor iluminado, ya que el mar, inmenso y negro, absorbía toda luz adyacente.

Poco antes de las dos y media de la mañana partió el enorme barco con toda la carga del mago, dejando un reguero de luz dorada en las aguas.

No todo fueron partidas exitosas. Aquella noche hubo más naufragios que viajes triunfales: goletas envueltas en el oleaje abrupto de la mar interna, carracas italianas de otros tiempos que chocaron contra las playas barcelonesas y se desangraron, convirtiéndose en hostigos de madera, cangrejos y carne; el navío de un corsario llamado Said que acabó estrellándose contra el hotel con forma de vela...

Otro naufragio sonado fue el del barco donde viajaba el pianista Enrique Granados. Como no se hundió cerca de la costa, los hijos del compositor leridano se quedaron toda la noche sentados en un rompeolas, esperando ilusionados al padre. Lloraban de emoción porque las aguas les traían el sonido de la segunda *Danza Íbera* compuesta por él, la *Oriental*, como si el mar hubiera querido encerrar la última música tocada por el hombre. Estuvieron tanto tiempo inmóviles sobre la superficie que se les calcificaron las posaderas sobre las rocas. Pasada la oscuridad, tendrían que ser desprendidos con mucho cuidado, con cacillos de agua tibia, aceite y unas espátulas de cuero endurecido. Tanto Granados como su mujer murieron ahogados, abrazados y hundidos.

Más al norte de la Barceloneta, en el barrio del Somorrostro, un arrabal de barracas y de familias errantes y sin posibles, una mujer organizaba el viaje más surrealista de todos los descritos: el trayecto de la nave de los locos.

¿Recordáis que el fotógrafo de esta historia, justo después de ver a su amigo en el hospital, fue a visitar a una amiga al oeste de la ciudad? Era ella: Cristina, la poetisa montevideana afincada en Cataluña que había huido de Uruguay después de que los fascistas raptaran y asesinaran a una de sus alumnas predilectas. Desde esa playa se encargaba entonces de organizar exilios para los más desamparados: los locos.

Una vez al mes, Cristina y varios miembros del Hospital del Mar montaban en una nave a todos los alunados de la ciudad. A continuación, los tripulantes y un marinero conducían la nave varias leguas hasta no ver más la costa. Allí abandonaban el barco y volvían a tierra en una barquita, dejando a los locos solos y sin rumbo en alta mar, en un viaje que acabaría en naufragio, desnutrición, canibalismo o psicosis. Si alguno lograba salvarse y regresar, lo consideraban cuerdo y lo reintegraban en la vida social.

Aquella noche, uno de los embarcados, que se había dado cuenta de la gran mentira, gritaba en la popa al capitán:

—¡Tiene usted que creerme! ¡No estoy loco!

—¿No lo está?

—¡No!

—Señor Calders..., ¿acaso no escribió usted un relato en el que una persona encuentra una mano en su jardín y pone un anuncio por si alguien la está buscando?

—Sí, ¿y?

—Que tenga usted un buen viaje.

—¡Pero si era un relato! ¡Si los escritores solo fantaseamos, por Dios!

Encajados entre las grandes naves, también barcos pequeños intentaban escapar de la ciudad a oscuras. Por citar uno de ellos: desde la playa de Sant Miquel, dedicada solo al baño de las mujeres y de los niños, la escritora Rosa Regàs, flotando sobre una barquita que ella misma se había improvisado con los *tions* de la Navidad anterior, sedienta de inspiración, remaba con una sola mano hacia lo profundo del mar, pues con la otra escribía sobre un cuaderno de hojas azules una historia de amor que sucedería en mitad del Mediterráneo.

Las aguas que bañaban Barcelona, gracias a las hogueras de las diferentes playas, lucirían toda la noche llenas de piezas de barcos y de cadáveres que el oleaje devolvía a la costa, como un gran Ganges mediterráneo; pues, aunque creo no habéroslo dicho aún, todos los exiliados se iban a encontrar con un tupido muro de oscuridad que les cortaría el paso. Fuera un bibliobús por tierra, una nao por mar o una paloma por aire, nadie podía abandonar la ciudad durante la oscuridad.

18

La Capuchinada

El informalista: Antoni Tàpies
La activista: Maria Aurèlia Capmany

Las palomas cumplieron su cometido y repartieron las invitaciones: quinientas para estudiantes, treinta para intelectuales y otras varias decenas para profesores. El último en recibirla fue el pintor informalista Antoni Tàpies, célebre en toda la península por sus pinturas abstractas, donde conviven colores tierra y materiales que sobresalen del lienzo. Su paloma era regordeta y le costaba alzarse y tomar velocidad.

Tàpies pasaba la madrugada de los tiempos en su fundación, ubicada frente a la Manzana de la Discordia, cuando recibió la invitación. He de subrayar que apenas nadie se fue a la cama esa noche. Todos los barceloneses estaban expectantes ante lo que pudiera suceder en la ciudad, si iba a volver la luz o si incluso desaparecería la del fuego. Todos menos Tàpies. Él había asumido que la luz no volvería nunca y se había consagrado a otra tarea: clavar cruces de distintos tamaños en sus obras. Cuando entró su secretaria al atelier, encargada de encenderle cada equis minutos nuevas velas, sintió que se asomaba a un cementerio. Las cruces surgían de todos lados: de las paredes, como los tubos de los órganos íberos, e incluso del propio techo. La joven se arrastró para llegar hasta donde estaba el pintor, que se había encerrado en un laberinto de lienzos sangrantes, puntas y maderos.

La secretaria encendió las nuevas mechas y le contó a su jefe que había llegado una nota en una paloma. Le preguntó si quería que se la leyera, pero este ni se inmutó. Estaba absorto. La secretaria decidió leérsela. Pero Tàpies seguía trabajando e ignorándola. La mujer se le acercó y le pasó un pañuelo por la frente y la notó ardiente. Tenía que llamar a un médico.

Se dio media vuelta cuando sintió la mano temblorosa de Tàpies sobre el hombro derecho. Dio un respingo y contuvo la respiración. El pintor informalista le susurró al oído: «Ayúdeme a salir de esta sala, por favor. Necesito ir a esa reunión, es muy importante. Arrástreme si lo ve necesario. Estas cruces me están reteniendo y no sé cómo luchar contra ellas. Y hace un frío espantoso».

La secretaria lo cogió de las manos y tiró de él por el mismo camino por el que había llegado al centro de la sala. Una vez afuera, Tàpies actuó como si nada hubiera pasado. Se puso el abrigo, se echó varias cosas a los bolsillos y, sin siquiera mirarla, le dijo que se llevaba el farol de aceite de la entrada y que apagara las velas antes de irse.

La joven abandonó el recinto poco después. Se santiguó repetidas veces y cerró con llave la puerta del estudio. No volvería a trabajar allí.

El reloj marcó las dos y media de la madrugada. Las puertas del convento de los Capuchinos se cerraron.

Casi seiscientas personas habían logrado reunirse en la clandestinidad. Se sentaron en el aula más amplia del edificio, apretados unos contra otros para luchar contra el frío de una ciudad sin sol, envueltos en papel de periódico y en rebujos de telas viejas, abrazados a los braseros de ascuas que los monjes les habían preparado.

Alguien dio una fuerte palmada y guardaron silencio. El secretario levantó acta. El mecanógrafo anotó el nombre del grupo: «Sindicato Democrático de Estudiantes de la Universidad de Barcelona», y empezaron a discutir las causas de la oscuridad antes que sobre la solución definitiva. Examinaban el asunto ágilmente; sabían que en cualquier momento podrían llegar las fuerzas del orden y disolver la reunión.

—Compañeros, nos estamos desviando. No creo que nos sea útil analizar por más tiempo el origen de esta oscuridad —añadió Maria Aurèlia Capmany, una de las activistas antifascistas más señaladas de la sociedad catalana—. No disponemos del tiempo necesario para una investigación tan ambiciosa. Propongo que nos centremos en lo que vamos a hacer ahora y en lo que ocurrirá en las horas siguientes.

—¿Y cuándo discutiremos sobre el agua? ¡Apenas queda potable!

—Y la salobre es imbebible.

—Pero ¿ese mal nos compete a nosotros? Que cada uno hierva el agua antes de beberla y santas pascuas.

—Entonces, ¿sobre qué dilucidamos?

—Sobre las sombras de las bombas. Al respecto, nuestro catedrático en Física tiene algo que decir.

Un hombre mayor se levantó del suelo y opinó con voz pausada.

—En efecto, después de analizar las sombras con cautela y medirlas cada cierto tiempo, mi equipo de científicos ha comprobado que están creciendo y que es muy posible que sean la antesala a la destrucción total de la ciudad.

Un murmullo generalizado se tornó en jauría. Los estudiantes cayeron presa del pánico.

—¡Tranquilizaos! —La activista apaciguó los ánimos hasta que el silencio se impuso de nuevo.

—¿A qué os referís? —añadió un estudiante que no lograba imaginar sombras en un lecho de oscuridad.

—Hemos subido a los edificios más altos de la ciudad, aprovechando que Barcelona está a estas horas bastante iluminada por el fuego, y hemos visto que están creciendo sombras en todos los barrios: redondas y amenazantes, como las que causan los proyectiles. Y se están haciendo cada vez más grandes.

—La luz de las hogueras no proyecta en el suelo las sombras de objetos del cielo.

—Recordad que una leve claridad baña todo desde el apagón, esa luz tenue y ultramar que no sabemos de dónde sale.

—En cualquier caso, lo mismo da la razón física por la que somos capaces de ver las sombras. Existen y aumentan de tamaño.

—Más grandes y más densas. Lo cual nos lleva a pensar que los proyectiles están aumentando en número y que se están aproximando. —Un frío cortante recorrió a los presentes—. Seré claro: tememos que la ciudad reciba todas las bombas que impactaron durante la guerra civil, pero al mismo tiempo y en unas horas.

—El resultado sería atroz —añadió con un nudo en la garganta la activista Capmany—. Por eso debemos darnos prisa y devolver la normalidad a la ciudad.

—Si vuelve la luz, ¿volverá la normalidad?

—No estamos seguros de ello, pero tendría sentido.

—Como si algo de esto lo tuviera.

—¿Y la relación entre oscuridad y fascismo? ¿Es real?

—La oscuridad, casi con total seguridad, la ha debido de ocasionar el fascismo.

—¿Qué si no?

—¡No hay duda! Antes de venir aquí, pasé por la cárcel Model, y allí escuché al mismísimo Lluís Companys arengando al resto de los presos a luchar.

—Esto se veía venir.

—La cuestión ahora es: ¿cómo lo han logrado?

—A lo mejor han contaminado el agua y la oscuridad es solo una ilusión óptica que todos padecemos, un defecto físico provocado a propósito en nuestras retinas, o en los nervios oculares, o en la pared cerebral, donde dicen que se proyectan las imágenes que visualizamos.

—O puede que hayan colocado alrededor de la ciudad unos paneles imantados que bloquean los rayos solares e impiden el funcionamiento de las máquinas. O un gigantesco umbráculo para repeler los rayos espaciales.

—¿Y algo menos propio de la ciencia ficción? —propuso la activista, secundada por Roig, Espriu, Quart y Tàpies, entre otros.

—¿Dios?

—Dios, de existir, ha de ser fascista, desde luego.

—No estoy de acuerdo.

—Pues a mí sí que me cuadraría.

—¿No es Dios el mayor autor de ciencia ficción? El primero en la historia.

—También lo es el ser humano, ¿o acaso alguien sabe qué somos y qué hacemos aquí? Dios puede existir en tanto que el hombre existe y su propia existencia humana es incognoscible.

—Dejemos la metafísica para otra ocasión, por favor.

—Quizá se haya resquebrajado la cúpula del cielo —añadió un estudiante desde un extremo de la sala. Su intervención acaparó el interés del resto—. Según leí en el colegio, esto ocurrió por última vez en 1936, justo unos días antes de que comenzara la guerra civil. De hecho, se sabe que lo causaron los fascistas para oscurecer el país y dar el golpe de Estado.

—Pero aquello fue diferente. Yo lo presencié. La oscuridad asoló todo el país, no solo una ciudad, y, pese a no verse nada, uno podía abandonar los pueblos y viajar por la península. Pero ahora estamos rodeados de un muro de negrura infranqueable.

—Yo también viví aquello, y no parece que se trate de lo mismo. Entonces la oscuridad era total. Ahora tenemos al menos la lucecilla esa lapislázuli que cubre un poco todo.

—Lo mismo la luz azul esa es un regalo divino para que veamos algo.

—Escuchad. ¿Y si simplemente han cubierto la bombilla del cielo? —propuso un profesor que llevaba un pesado aro colgado al cuello. Un silencio reinó en la sala. Aquella hipótesis, probablemente la más obvia, había tardado demasiado en aparecer. Pero no todos conocían la bombilla, solo los nacidos en el siglo XXII.

—La verdad, no es una suposición que haya que descartar sin más —añadió un estudiante nacido en el año 2143.

—De hecho, pensándolo bien, sería la mejor de las justificaciones ante la falta de luz —añadió otro, matriculado en la universidad en 2197, al que le siguieron varios alumnos de su época.

—¿Y cómo explicaríamos la falta de electricidad?

—Quizá no la hayan cubierto, sino quebrado, y ha estallado. Imaginaos el enorme cortocircuito que habría causado la explosión de la bombilla.

—Lo suscribo.

—Yo también.

—Esperad —interrumpió el más joven de ellos—. ¿No os dais cuenta de que la mayoría de los aquí presentes no saben nada sobre la gran bombilla? Mantengamos la calma y aclarémoselo. ¿De acuerdo?

Los reunidos accedieron y guardaron un respetuoso silencio, suficiente para que aquel joven se dirigiera a ellos.

—A finales del siglo XIX, con la llegada de la luz eléctrica, varios países occidentales quisieron colocar una bombilla gigante encima de cada gran ciudad para que esta hiciera de sol, ya que el astro se estaba apagando y menos de dos siglos después dejaría de arrojar luz y calor. Querían ser autónomos, independizarse de la enorme masa de fuego y gas. Por supuesto, aquella información no la compartieron con el pueblo. Entonces, además, los avances tecnológicos de la época no eran suficientes y no pudieron ni intentarlo. Doscientos años más tarde, los países más desarrollados lograron crear una bombilla que se mantendría estática en el zénit de cada megalópolis. Gracias a ella, y mediante la energía nuclear, consiguieron la luz y el calor que necesitamos para sobrevivir, y llamaron a la bombilla «sol». No estuvieron exentos de otros problemas mayores, como los que la rotura del bulbo podía causar; pero, llegado el caso, dispondrían de otras bombillas para reponer la original si sufría algún daño. Creo que esto es todo lo que necesitáis saber.

Pero las preguntas sobre el futuro que les esperaba nacieron en todos los presentes:

¿En qué año se colocó la bombilla sobre Barcelona?
¿Cómo se sostenía?
¿Colgaba o flotaba?
¿Nunca se movía del zénit o bajaba hasta el horizonte?
¿Se apagaba y encendía simulando la noche?
¿No se calentaba demasiado el centro de la ciudad en contraste con las afueras?
¿Alumbraba también las ciudades dormitorio?
¿Qué había pasado con los pueblos alejados de la bombilla? ¿Seguían siendo habitables?
¿Significaba aquello que, fuera de Barcelona y en el resto de Iberia, salvo quizá en Madrid, Lisboa, Porto, Sevilla o Valencia, siempre había oscuridad y frío?
¿Hacía cuánto que el sol había muerto?
¿Cuál era el motivo?
¿Hubo alguna explosión?
¿Emitió radiación a la población?
¿Se había roto la bombilla o la oscuridad se debía a otra razón?
¿Qué había pasado con los países más pobres?

¿Había inventos diferentes en otros países?
¿Por qué no habían construido la bombilla más cerca del suelo? ¿Sabía toda la población de la existencia de la bombilla?
¿Hubo otros avances científicos y médicos?
¿Se logró la cura del cáncer, el alzhéimer, la esclerosis, el VIH?
¿Se había conseguido conquistar algún planeta?
¿Podían evitar desde el pasado que el sol desapareciera?
¿Había un plan B si las bombillas dejaban de funcionar?
¿Qué relación existía entre el fascismo y la rotura del bulbo?
¿Había todavía fuerzas fascistas en el siglo XXII*?*
¿Era el fascismo el origen del apagón o solo se estaba aprovechando de la oscuridad?
¿Y si la causa del apagón y del caos reinante no tenía nada que ver con la política y se debía a algún truco de magia,
al deseo de un ser supremo o de una persona particular?

Ante tanta pregunta sin respuesta, se centraron en la que más les interesaba: *¿se había roto la bombilla o la oscuridad se debía a otra razón?* Una de las profesoras propuso un plan para aclarar la situación. Enviarían a un infiltrado a una de las instituciones de la ciudad desde donde se tenía una visión completa del firmamento de la ciudad; al edificio Cel, ubicado sobre el monte Tibidabo, construcción que contaba con una fuente de electricidad propia para no dejar de grabar la actividad del cielo. Desde allí podrían observar lo ocurrido con exactitud gracias a la grabación de las doce del mediodía del fatídico día anterior, cuando había desaparecido la luz.

La cuestión entonces era quién se infiltraría en aquel edificio, que pertenecía al Gobierno y era vigilado por las fuerzas de seguridad del Estado. Otro problema más: se había construido en 1920; era muy probable que hubiera caído en manos fascistas.

Propusieron varios nombres en voz alta, escritores no censurados por el régimen fascista y que, en cierta forma, estaban bajo su protección. Entre los que mencionaron se encontraban Eugeni d'Ors, considerado *botifler* por los catalanes y *catalanote* por los íberos, quien habría «vuelto a la vida» con el apagón, según aseguraban varios estudiantes, y Josep Maria de Sagarra, que también estaba de nuevo presente en Barcelona y tendría más fácil el acceso a los sitios ministeriales del Estado central que cualquiera de los allí reunidos. Se disponían a elegir por votación a uno de estos dos hombres cuando escucharon gritos de los monjes del convento. Los reunidos corrieron hacia las ventanas para ver qué sucedía.

La policía había rodeado el recinto y lanzaba tiros al aire. Acabada la breve muestra armamentística, uno de los jefes tomó un embudo como megáfono y lanzó un mensaje a los estudiantes e intelectuales:

> ¡Escuchadme bien! ¡Vais a salir uno a uno! ¡Os pediremos la documentación y os dejaremos ir a casa! ¡Pero nadie abandonará el recinto sin ser fichado antes por nuestras fuerzas! ¡No puede quedar impune tan grotesca manifestación, vuestra osadía y el quebranto de la ley! ¡Y si no entramos ahora mismo es por el maldito derecho de sagrera, que nos impide acercarnos a treinta pies de donde os encontráis! ¡Pero si hay que quebrarlo, se quiebra! ¡Salid cuanto antes o moriréis de hambre! ¡Porque de aquí, lo que es movernos, no nos vamos a mover!

Cuando el militar pronunció la palabra *hambre*, se oscureció el cielo un poco más si cabía. Una sombra planeó sobre la luz que emitían las antorchas policiales. Los guardias miraron hacia las alturas y apreciaron algo inaudito. Una nube de objetos rectangulares volaba sobre sus cabezas: cientos de bocadillos eran lanzados desde el Liceo Francés, construido junto al convento, al patio del recinto religioso. Los alumnos habían recolectado pan y fiambre para alimentar a los estudiantes encerrados.

La policía encargó una enorme red de alambre de nudos muy cerrados, sujeta por cuatro hierros que hacían de pérgola. Los guardias querían evitar que los bocatas cayeran al patio. Sabían que el hambre sería lo único que acabaría con el asedio y se acercaron a reprender a los afrancesados.

La periodista de esta historia, Montserrat Roig, aprovechó la rotura del cerco policial para escapar. Debía encontrar a la persona que mejor pudiera colarse en el observatorio. Se alejó del convento, iluminado por fuegos que habían encendido los guardias en cada extremo, y se dirigió hacia el norte de la ciudad.

Anduvo a oscuras un buen trecho. Aquellas calles, menos céntricas y transitadas, no estaban iluminadas, salvo por el reflejo azul, pero este solo permitía intuir siluetas en una penumbra casi negra. Por eso no distinguió la bicicleta con la que se tropezó. La puso de pie y la palpó, buscando la dinamo, aunque suponía que no funcionaría. Había escuchado que la oscuridad era tan espesa que se tragaba la luz de las máquinas de inducción electromagnética. Pero aquella dinamo arrojó un chorro de luz que casi la ciega.

Montserrat se marchó hacia Pedralbes y solo se detuvo una vez en todo el camino. Le llamó la atención un hombre que estaba sentado sobre la acera en una silla de anea y rodeado de velas violetas.

Al detenerse, el anciano abrió los ojos y se dirigió a ella:

—Creo que soy el único de la ciudad que tiene la solución a todo este caos. ¿Quiere saberla?

—Por favor.

—La única forma de salvar Barcelona sería dejándola en barbecho. Que todos la abandonáramos y volviéramos un año después. Que le diera tiempo a criar moho y a resultar menos apetecible para los forasteros. ¿Qué me dice?

—¡Que todo es posible!

Roig le sonrió melancólicamente y continuó hacia el barrio alto.

19

La biblioteca del cielo

El infiltrado: Josep Maria de Sagarra

Josep Maria de Sagarra descansaba aquella madrugada en la parte trasera de la sastrería Santa Eulalia, ubicada en el paseo de Gràcia. Escribía secretamente acerca de algunos clientes que accedían a la trastienda para cumplir sus fantasías sexuales.

Hasta la casa del escritor, ubicada en el paseo de la Bonanova, se había dirigido la periodista en bicicleta. A la joven la recibió una criada de fuerte acento andaluz. Le dijo que, si le escribía una nota, se la haría llegar al señor de la casa, pero que no podía decirle dónde se encontraba, decisión firme del autor. Montserrat redactó un breve texto. La sirvienta tomó la nota y, debido a la insistencia de la periodista de que se trataba de un asunto de vida o muerte, mandó a su hijo, también en bicicleta, hasta la sastrería. Como la dinamo del vehículo del hijo no funcionaba, antes de marcharse le colocó varias velas en la cesta delantera del vehículo y le metió en el bolsillo de la camisa un puñado de luciérnagas.

Estimado escritor. El Sindicato Democrático de Estudiantes de la Universidad de Barcelona, reunido hoy de forma clandestina en el convento de los Capuchinos, y asediado ahora mismo por la policía, por los esbirros del mandamás fascista menos escrupuloso de la península, requiere sus servicios porque ¿quién podría interpretar lo oculto mejor que usted? Usted, que utilizó su apartamento en la Bonanova como punto de enlace entre los franceses de la Resistencia y los ingleses. Usted, que, aunque se empeñen en meterlo en un saco o en otro, se mantiene fiel a sus ideas. Confiamos en que usted nos ayude a esclarecer la situación actual de oscuridad y caos. Necesitamos que, usando su perfil ambiguo en el mundo de la política, pues sabemos que es bien querido en ambos lados, habiendo ganado tanto la catalana Englantina de Oro como la íbera Gran Cruz de Alfonso X el Sabio, se acerque al edificio Cel, ubicado detrás del templo del Tibidabo, que pertenece al Gobierno central, y observe la grabación del día de ayer a las doce del mediodía. Tenemos motivos para pensar que quizá la oscuridad se deba a una alteración intencionada de la bombilla del cielo, un invento de tiempos venideros que, ubicado en el zénit, alumbrará Barcelona en el futuro. Observe el cielo, describa lo que vea y deje la información en las manos de Elisenda vestida de reina. Espero que usted me entienda. Y si, por algún casual, el edificio hubiera desaparecido, pruebe con el observatorio Fabra, que le queda a un paso del otro, si bien este estará mucho más custodiado y el acceso le será casi imposible. Por cierto, el hijo del dueño del restaurante El Suizo le manda saludos, así como el resto de los intelectuales reunidos hoy aquí, aunque seamos de generaciones distintas. Confiamos en usted.

Atentamente, el SDEUB.

Las veloces piernas del hijo de la criada y el hecho de que el camino fuera cuesta abajo hicieron que Sagarra leyera el mensaje apenas veinte minutos después. La sastrería había visto aumentar su clientela con la ausencia de luz y el escritor no había querido perderse un espectáculo que tanto le serviría para su producción literaria. Y es que, en Barcelona, en todas las sastrerías se cocían habas, y en las que no se fabricaban bombas se permitían todo tipo de perversiones sexuales. Leer para creer.

Sagarra repasó la nota manuscrita varias veces y dudó si hacer aquel favor. La grafía nerviosa y la aparición de varios datos que solo unos pocos conocían en la ciudad le hicieron pensar que aquella situación podía ser real. Le hubiera gustado realizar algunas llamadas, pero el teléfono había dejado de funcionar. No pudiendo comprobar nada, decidió que iría al susodicho edificio Cel, pero pasaría antes por el convento de los Capuchinos para ver con sus propios ojos si aquella reunión clandestina, asfixiada por las fuerzas policiales, estaba ocurriendo de verdad.

El escritor, ataviado con un batín de seda, se vistió y se puso en marcha. Tuvo suerte y encontró un carro libre. Los taxis de la ciudad, pese a estar la urbe sumida en el caos más absoluto desde hacía menos de diecisiete horas, ya se habían adaptado: los taxistas conducían carros de tracción llevados por caballos, tartanas decimonónicas. Así consiguió el escritor llegar en torno a las cuatro al convento de los Capuchinos.

Confirmó lo que le había asegurado la periodista: la policía estaba asediando el convento. Ordenó al cochero que lo condujese hasta la explanada que había delante del templo expiatorio del Sagrado Corazón, en la cúspide de la ciudad, el monte Tibidabo. Subiendo, a mitad de camino, en una carretera rodeada de árboles en pleno corazón de Vallvidrera, un estruendo hizo que todos elevaran la cabeza al cielo. Una bandada de aves cantaba y volaba cerca del suelo hacia lo alto del monte. Faisanes carmesís y cobre, del color de los primeros albaricoques. Aparecieron y desaparecieron, sin dejar una sola pluma en el camino, solo un viento removido.

—¿Y esos pájaros?

—¿Me pregunta a mí? Y yo qué cuartos sé. Pues anda que no está oscuro el bosque, como para desentrañarlo. ¿Acaso tengo cara de *boletaire*?

—Disculpe. Pensé que conocía estas tierras.

—Igual de bien que usted. La zona del Bosc Gran de Can Catà la conozco mejor, pero esta, apenas nada. La gente no pide que la lleven tan alto. Los que viven aquí tienen coche propio o chóferes fijos.

Llegaron antes de lo esperado. Sagarra se bajó del carro, lanzó un fajo de billetes al conductor y corrió hacia la espalda del templo. No dedicó ni una sola ojeada a la iglesia. Al final de un largo camino de árboles frondosos giró a mano izquierda, subió unas escaleritas talladas en la piedra y halló el edificio Cel, levantado en los pasados años veinte, que contenía el Ministerio Celeste.

Vio que solo un vigilante guardaba la única entrada desde el interior de una garita acristalada, iluminada por un potente foco. El único generador de electricidad de toda la ciudad que seguía funcionando estaba en aquel edificio. Nadie lo sabía; de lo contrario, habrían arramblado con él para llevar luz a otro sitio: a los hospitales, a las cárceles o a los despachos políticos.

Sagarra se emocionó al ver la blancura tersa de aquel torrente de luz. Se acercó al puesto y se identificó ante el velador. Se le contrajeron tanto las pupilas que sintió un dolor punzante en los ojos. El hombre no lo reconoció. Miró una lista de personas a las que les estaba permitida la entrada, pero no lo halló. Le prohibió la entrada. Ante la negativa, Sagarra insistió, y el hombre, con uno de los pocos teléfonos que funcionaban en la ciudad, hizo una llamada, informó a su superior y se quedó a la espera. Colgó el auricular y, con una cara de sueño infinita y la barbilla rozándole casi el regazo, informó a Sagarra de que podía pasar, pero si se quitaba el sombrero, pues nada debía interponerse entre el hombre y el cielo, matizó el conserje. El escritor infiltrado aceptó, se desnudó la coronilla y entró en el edificio, que, de dimensiones muy reducidas y construido bajo una cúpula azul, imitaba la forma de los antiguos templetes griegos.

En el pequeño recibidor, además de varias puertas con diferentes señalizaciones, un amplio tapiz colgaba majestuoso de la pared más grande de todas. El infiltrado se quedó observándolo un buen rato. Consideró que aquel tejido, una indiana, bien podría ser el hilo conductor de su próxima novela, la última que iba a escribir. Sacudió la cabeza, queriendo apartar aquellos pensamientos, y escogió la puerta que yacía bajo un letrero luminoso que decía: SALA D'ENREGISTRAMENT DEL CEL.

La larga bajada, de más de doscientos escalones,

confirmó sus sospechas: aquellas disposiciones estatales eran más grandes que la construcción visible desde el exterior, de dimensiones casi ridículas. «Lo mismo toda la montaña está hueca y contiene las vísceras de la inteligencia del Estado», pensó.

El infiltrado llegó a la sala a la que conducían aquellas escaleras, un salón subterráneo iluminado por dos filas de bombillas que no ocultaban el aspecto lúgubre y descuidado del lugar. Dos de las cuatro paredes del enorme rectángulo estaban llenas de pantallas encendidas que mostraban una negrura total, salvo algunas que reproducían partes grabadas de la ciudad que estaban siendo iluminadas por el fuego. A Sagarra, nacido en 1894, aquellas imágenes coloridas en unos dispositivos tan pequeños le parecieron un milagro, algo imposible, productos de un sueño. En otra de las paredes, dos estanterías sostenían pequeñas cintas de vídeo. Encima de la primera se podía leer «Horizontes». En la otra, «Zénit». Se aproximó a la segunda y leyó las cintas. En cada una, una fecha concreta estaba anotada. Sagarra buscó el momento del apagón:

Znt. Diurno Bcn // 11:30-13:30.

En la última de las cuatro paredes, donde estaba la única entrada de la sala, vio una mesa con varias máquinas y una pantalla de mayor tamaño que no mostraba ninguna imagen. Se aproximó a aquel mueble y buscó un aparato donde pudiera encajar la pieza rectangular que había escogido. Probó instintivamente a meterla en varias ranuras hasta que encontró la correcta. La máquina se tragó la cinta.

Sagarra retiró asustado los dedos. Justo después, la pantalla más grande se iluminó y mostró una imagen que al infiltrado le pareció preciosa e hipnotizante: un azul zafiro intenso y bello, y, en el centro, la enorme bombilla que, según la periodista, alumbraba la ciudad de Barcelona. En la esquina derecha inferior, un reloj digital marcaba la hora: daba dos segundos por uno. El infiltrado, que no sabía controlar los mandos ni rebobinar, calculó que tendría que esperar quince minutos para saber si al mediodía la bombilla había sufrido alguna rotura o si, por el contrario, la oscuridad se debía a otra cosa.

Sagarra sabía que el tiempo pasaba el doble de lento cuando se le prestaba atención. Aquella noche no fue diferente. Pasó los quince minutos angustiado. Hasta que llegó el momento preciso del mediodía.

El hombre se aproximó todo cuanto pudo a la pantalla, tanto que sintió las pestañas erizársele y bailar con la electricidad de la superficie, emitiendo un ruido pequeño, como de patas de insecto quebrándose, de finas láminas de papel quemándose y arrugándose.

12:00

12:01

Lo que el infiltrado vio lo hizo echarse hacia atrás, tropezarse con una silla y caer al suelo. Frenó el golpe de manera muy accidentada y se lastimó el sacro. Gritó y se maldijo. Se dirigió a la mesa, cogió papel y lápiz y escribió lo que había presenciado, la verdadera razón de la oscuridad en la ciudad, o, al menos, la razón empírica. Tomó la decisión de escribir en prosa lo que había sucedido, como si se tratara de un capítulo de una novela. Así, si la nota caía en las manos que no debía, su interpretación de lo sucedido tendría un menor alcance.

Os dejo con ella:

Una avioneta blanca sobrevoló el nordeste de la península. No lució nívea. Había sido pintada de azul celeste, como la vestimenta del piloto y de los dos militares que iban enganchados en las alas del aparato. Habían aplicado al aeroplano un camuflaje cerúleo, un manto de tinta espesa como baba de ángeles taciturnos. Era tal la mimetización del aparato que el piloto se creía dirigiendo un trozo de cielo. Hasta los mandos de control estaban sumidos en el mismo tono. Lo azul en lo azul no se hacía visible.

Los militares habían partido de una base oculta en un juncal de un río. A simple vista, no se supo si la avioneta era de izquierdas o de derechas. Volaba todo recto, sin curvatura, insignia, lema o bandera en la chapa. Fueran quienes fueran, llevaban tiempo preparando la misión: volaban hacia la bombilla del cielo barcelonés, la pompa de cristal que expelía dedos luminosos derretidos en haces inmaculados.

Los enviados tenían orden de sumir la ciudad en oscuridad. A sus superiores poco les importaba vivir sin claridad, pues ya lo hacían en las cloacas más infectas de la capital. Debían disparar a la bombilla sin cuestionar la orden. La oscuridad amedrentaría al pueblo barcelonés, que, según los superiores más directos, no se merecía otra cosa más que el castigo y el yugo sobre los hombros, pues, literalmente, argüían que «no hubo pueblo más peligroso y tozudo que este, el cual, si no les atas bien las extremidades a un tronco enhiesto y absoluto, se independiza en movimiento, fuerza y sustancia».

Cuatro horas de viaje después, apuntaron los militares al bombillón y arrojaron una ráfaga de balas acerinas que lograron horadar el vidrio. El bulbo se agrietó y perdió la presión interna, dejando escapar toda la luz del interior, claridad que, al entrar en contacto con la inmensidad de la atmósfera, se esparció y acabó despellejada y moribunda, un trapo descosido que no sabía librarse de la rigidez de un vómito, cuyos hilos no se plegarían ni ondularían más, sino que imitarían las rígidas esquirlas del hormigón.

La bombilla se fragmentó. Empero, no cayeron los cristales como tejados a la tierra, puesto que la lámpara celestial estaba protegida por una inmensa malla con la intención de que, si el cristal explotaba, no tajaran los restos montañas y pueblos. El vidrio, no obstante, había sido fabricado con azúcar en polvo y sirope de glucosa; si se desfragmentaba en miles de trozos, podría alimentar al herido pueblo.

Clara y consecuentemente, la luz se fundió. Los militares cegaron Barcelona. Llegó el mediodía y surgió la oscuridad como fin manifiesto del orden. O del caos. Bien eran lo mismo.

Desquebrajada la bombilla, la avioneta emprendió el descenso y aterrizó en mitad de un valle. Lo hizo gracias a maniobras de planeo. La misión había sido un éxito. La oscuridad había cubierto la ciudad.

20

La mujer hecha hombre

La activista: Maria Aurèlia Capmany

El monasterio de Pedralbes es uno de los mejores exponentes del gótico catalán. Fue construido por orden de la reina Elisenda de Montcada, consorte de la Corona de Aragón, y fundado en el año 1327. El monasterio, hogar de las monjas clarisas, obtuvo un reconocimiento regio especial y se dispuso que estaría protegido de por vida por el Consejo de Ciento, la institución que administró Barcelona durante cinco siglos. Cuando la reina enviudó, se unió a las hermanas. Al morir, construyeron su tumba en mitad del muro que separaba la iglesia del claustro siguiendo su última voluntad. Levantaron un sepulcro con dos caras y una estatua de Elisenda a cada lado. En la parte que daba al templo, la que podía ser contemplada por los visitantes, vistieron la estatua con los ropajes de una reina; y en la que daba al monasterio, la ataviaron con hábitos religiosos, los de las clarisas. La existencia de aquel sepulcro doble era poco conocida. Pero a Sagarra, que lo sabía casi todo de la ciudad, no le costó trabajo descifrar las instrucciones de la periodista, que le había indicado en la nota que dejara el mensaje *en las manos de Elisenda vestida de reina*, y se dirigió hasta el monasterio con la información sobre el cielo.

Al escritor le llevó bastante llegar. No encontró ningún carro que pudiera ofrecerle el servicio de un taxi. Le dolían las rodillas y le costaba caminar. No sabía encender antorchas duraderas, le salían humeantes y moribundas, así que caminaba casi a tientas. Tenía las espinillas burdeos de tanto golpe contra bolardos y trastos en mitad de la calle. Una vez que depositara la carta en el lugar indicado, se iría a casa y no volvería a salir hasta que volviera la luz. Su hogar y el monasterio no estaban lejos.

El templo tenía las puertas abiertas de par en par. Sagarra se camufló entre los vecinos y una multitud de niños vestidos de blanco que sujetaban palmas para celebrar la Pascua, y se coló en él. La construcción resguardaba a buena parte del barrio que no tenía velas en casa o a quienes se les habían derretido. Le fue sencillo encontrar la estatua de la reina. Agradeció que aquella parte estuviera poco concurrida.

Se sacó la carta del bolsillo interior de la zamarra tiritando de frío, ya que la ausencia de calor cada vez se notaba más y pronto llegarían las calles a tener un metro de nieve, y se aproximó a la estatua de la reina. Allí encontró un cencerro pequeño atado a una cuerda y una nota grabada en una losa de mármol: «Si me dejas algo en las manos, tócame». Obediente, posó la carta y tocó la esquila. Temió haber atraído la atención de algún curioso. Miró a su alrededor. Se alejó un poco y se sentó en un banco, en una penumbra total. Y se durmió.

Mucho después, Sagarra despertó. Suspiró aliviado al ver que alguien había recogido la nota y que su participación en aquel rompecabezas había encajado. No se permitió pensar que la nota bien podría haberla cogido la persona menos indicada. Estaba agotado y solo quería volver a casa. Se masajeó las rodillas y se puso de nuevo en pie. Buscó los hilos de luz de los cirios del templo, con los brazos extendidos por si se topaba con una columna, y la salida. Antes de abandonar el recinto echó una ojeada a un altar iluminado por una mesa de velas artificiales. Miró detrás del mueble y vio que no estaba enchufado a la luz, pero las luces emitían un amarillo fulgente.

—¡Es un milagro! —le espetó un hombre recostado a un lado. Y Sagarra, que estaba de buen humor por haber terminado su tarea, le respondió con alegría.

—Todo un milagro, caballero. Milagros que solo se observan en una iglesia.

Sagarra se marchó feliz de saber que pronto estaría durmiendo en su cama, protegido por un animal disecado que lo observaría sobre un alto armario con una pieza de ropa interior enganchada en la cabeza. El reloj marcaría las siete de la mañana. Y dormiría tranquilo y ausente, ayudado por un trago de coñac y algo de veronal. Cuando abriera los ojos, la luz ya habría llegado. Y dejaría de inmiscuirse en más vidas privadas.

La periodista empleó el tiempo que le llevó a Sagarra descubrir el estado del cielo en preparar la vuelta al convento. Con el fuerte asedio policial, entrar en el recinto no era una tarea sencilla, pero se le ocurrió una forma de desconcentrar a aquellas fuerzas policiales y moverlas de sitio.

Montserrat se dirigió a la plaza de la Vila de Gràcia. Se alegró de ver que aquella zona alta de la ciudad estaba bien iluminada, por braseros que ardían colgados de las farolas.

En la plaza, accedió a la torre campanario construida en el centro, subió y tocó con fuerza la campana, conocida como «la Marieta». A lo lejos, el carillón del palacio de la Generalitat respondió a su toque. Y se les unieron otros badajos de toda la ciudad, que albergaba más de doscientas campanas, muchas de ellas nacidas en la enorme fundición de la viuda Rocamora. Pero pronto dejaron de tocar para que el protagonismo fuera para la Marieta, que era la que, en aquella ocasión, llevaba la voz cantante.

El toque hizo acudir a la plaza a todos los que pertenecían al somatén, una milicia popular armada y preparada para defender los intereses del pueblo. Acudieron empuñando una antorcha por cabeza. La escena le hizo estremecerse. Se sintió orgullosa al ver que el toque había dado sus frutos, que los barceloneses arrimaban el hombro y se organizaban ante un problema que afectaba a todos. Desde la torre, les explicó a los allegados el asedio que estaban sufriendo los intelectuales en el convento de los Capuchinos, gritando a pleno pulmón. Estos accedieron a echarles una mano. Romperían el cerco policial para que Roig pudiera volver a entrar en el convento.

La manada de hombres y mujeres con antorchas se dirigió hacia Sarrià. Entonaron canciones protesta por el camino para atraer a simpatizantes con la causa; cantaban *L'estaca* de Lluís Llach. Caminaron despacio. Debían hacer tiempo hasta que la joven periodista consiguiera el mensaje que Sagarra debía dejarle en el monasterio de Pedralbes. La esperarían a un par de manzanas del convento asediado.

«Las piezas han de encajar —se dijo la joven—. Tienen que encajar.» Montserrat se repetía aquella frase mientras volvía a recorrer las calles de Barcelona en bicicleta. Había recogido la nota en el convento con éxito y le daba vértigo pensar que el destino de todos dependía de ella, de una sola persona. El pecho le dolía y temía no ser capaz de aguantar.

Pero fue capaz.

Siete y media de la mañana.

Los policías del cerco apuntaban hacia el convento casi a oscuras. Los fuegos que habían encendido horas atrás estaban asfixiados y no vieron que estaban siendo rodeados por los vecinos de Gràcia, que, a unos metros del convento, habían apagado sus fuegos y cánticos, y se habían acercado sigilosos para pillar a los militares desprevenidos.

A la señal del organizador del somatén, cada uno de ellos encendió un puñado de cerillas largas a apenas unos palmos de los agentes, que no se lo esperaban y se vieron rodeados por un aro de fuego y fósforo, por una muchedumbre desarmada que, sin soltar palabra alguna, los intimidó. Los manifestantes habían decidido mirar a aquellos hombres con las bocas bien abiertas, para que las sombras nerviosas lanzadas por las cerillas se movieran dentro de sus mandíbulas desencajadas y lograran asustarlos. El truco funcionó, pero no mucho tiempo. Y el aro dorado se convirtió en una batalla campal entre armados y desarmados.

Los asediados no apreciaban desde las ventanas qué estaba ocurriendo afuera, pero oían gritos, disparos y golpes. Entonces se abrieron las puertas del aula mayor y vieron entrar a Roig. Se abalanzaron a abrazarla y aplaudieron felices. Rodearon a la periodista y la escucharon con atención.

—¡El pueblo del barrio de Gràcia nos ha tendido una mano! Han roto el cerco para que pudiera pasar. Se están enfrentando a la policía. Nobles y valientes. Pero yo estoy agotada. Para lo que venga ahora, que alguien me tome el relevo, por favor.

—Montserrat, Barcelona te debe mucho. Y el país. Descansa, pero cuéntanos antes qué ha pasado con el cielo. ¿Han podido observarlo Eugeni o Sagarra?

Roig sacó la nota manuscrita, se colocó delante de la muchedumbre de ideas y sueños frustrados, y la leyó en voz alta. No temía que la escuchara algún intruso, pues el ruido de las refriegas en el exterior era mayor. Los estudiantes e intelectuales se quedaron atónitos. Después de una primera lectura, lanzaron vítores de júbilo. Habían logrado cumplir aquella misión con éxito.

Roig la volvió a leer. Brotó la última palabra de tinta y, de nuevo, el júbilo: un gran alboroto jovial, llantos clamando justicia, insultos contra un enemigo invisible, aires profundos de querer cambiar la situación; risas, aplausos y palmadas en los hombros; alivio por saber a ciencia cierta que la oscuridad tenía una causa, y era política. Es decir, reversible.

Roig pidió silencio. Indicó que era el momento de discutir qué podían hacer para resolver el caos y devolver la luz y el orden a Barcelona. La muchedumbre obedeció. El ruido exterior también pareció disminuir. La policía había logrado disolver a aquellos «embrutecidos y salvajes».

Hubo menos debate que la vez anterior. Estaba claro que la solución era cambiar la bombilla del cielo. Pero para eso necesitaban dos cosas: un avión y un bulbo nuevo. Iban a necesitar movilizar a dos ilustres catalanes que, en aquel mar de oscuridad, desconocían dónde podían estar: una piloto de una carrera intachable y un escritor del barrio de los gitanos que les facilitara la entrada a la fábrica de bombillas. Según los estudiantes venidos del siglo XXII, las bombillas de repuesto se construían al norte de la ciudad, y quizá hubieran aparecido con el apagón.

Todo estaba contra ellos: el teléfono y la radio habían dejado de funcionar, Barcelona era un caos de ciudades convergidas y medio derribadas donde se hacía imposible encontrar a alguien y se respiraba un ambiente opresivo en el que el fascismo no dejaba de tomar fuerza; por no hablar de las sombras de las inminentes bombas que caerían y asolarían la villa. Los reunidos decidieron que, ante la urgencia del asunto y la inseguridad en las calles, contratarían a un detective para buscar a aquellas dos personas. Pero antes tenían que volver a sacar a alguien del monasterio para contactar con el agente secreto. La mejor opción era hacerlo con un hábito de monje; cual caballo de Troya, camuflaría a uno de ellos. La persona elegida debía ser mayor y tener cara de monje, si es que eso significaba algo.

Tàpies se ofreció, pero era bastante conocido y podía resultar arriesgado. Roig propuso, con la boca pequeña debido al cansancio, raparse la cabeza para disimular su rostro femenino, pero era demasiado joven. Eligieron a la activista Maria Aurèlia Capmany, que rapada sí que se asemejaba bastante a un monje de cincuenta años: su nariz era de unas dimensiones desproporcionadas, sus rasgos faciales se dibujaban toscos y, si arrugaba la cara, su rostro se volvía agrio y ceñudo; además, la voz, como buena fumadora, podía sacarla áspera y ruda. Por añadidura, a la escritora parecía gustarle la idea de hacerse pasar por un anciano.

Rapada y vestida con un hábito, la activista se despidió de sus camaradas y abandonó el recinto con paso firme y sin ser detenida. Aquellos guardias eran demasiado piadosos como para desnudar a un monje capuchino, por mucho que la orden religiosa estuviera acogiendo a sus enemigos.

Los asediados contemplaron desde las ventanas cómo la activista burlaba el cordón policial y se perdía en la oscuridad de camino al centro de la ciudad en busca del mejor detective salvaje de Barcelona. El futuro de la ciudad dependía solo de ella.

21

Los detectives salvajes

El extraterrestre: Eduardo Mendoza
El detective: Manuel Vázquez Montalbán

De camino al barrio Chino, Capmany se quitó el disfraz de religioso, se ató un pañuelo a la cabeza para ocultar la falta de cabello y repasó la información que había memorizado sobre las dos personas que debía encontrar con la ayuda de un detective. Ahora sí, os desvelo sus nombres: Juli Vallmitjana y Mari Pepa Colomer.

El primero era un escritor nacido a finales del siglo XIX, el mejor conocedor de los barrios gitanos, o *zinc-calós*, como él se refería a ellos. Parecía ser el único que podría encargarse de conseguir una bombilla gigante en la central térmica de las Tres Chimeneas, ubicada junto al barrio de la Mina, en Sant Adrià de Besòs. La zona de la Mina estaba poblada de chabolas y de pueblos nómadas, así como de descendientes pobres de las dos últimas olas migratorias de la ciudad, la que trajo consigo la Exposición Internacional de 1929 y la de los primeros años del franquismo. Aunque el chabolismo había emergido en el Campo de la Bota, las instituciones habían despejado aquel terreno y forzado una migración hacia la Mina, que se convirtió en uno de los últimos reductos del pueblo gitano.

No era fácil adentrarse en el barrio, y mucho menos sin la claridad del día, pues aquella noche de los tiempos no había sonreído a esa zona que tan bien conocía Vallmitjana. Había delincuencia, vandalismo, checas republicanas, sacas nacionales, altercados por la turistificación; tiros de tropas napoleónicas; trifulcas por la droga...

El escritor no era gitano. De hecho, provenía de una familia paya burguesa, propietaria entre otras empresas de varios balnearios. Pero se sentía en casa entre ellos. Lo mismo le ocurría a uno de sus mejores amigos, el pintor Isidre Nonell, que hacía con el lienzo lo que Vallmitjana con el papel: describir la forma de vida de uno de los pueblos menos favorecidos por los administradores de una ciudad que a veces se mostraba clasista y suntuaria.

La segunda persona que la activista debía encontrar era Mari Pepa Colomer, la primera instructora de vuelo femenina que había logrado volar los cielos de la península. Ella sabría cómo pilotar un aparato para transportar la nueva bombilla al zénit. Pero Capmany debía darse prisa si quería encontrarla, pues la piloto estaba entonces preparando las maletas para emigrar a Toulouse primero y a Inglaterra después.

La activista se acercó a un restaurante de la zona alta de Barcelona donde tenía entendido que había detectives, al Via Veneto. Como era de esperar, se lo encontró cerrado. La temperatura no dejaba de caer y pocos salían de casa. Además, una fina lluvia estaba naciendo de un cielo que no se apreciaba nublado, pero que quizá contenía nubes que no eran visibles.

Capmany se dirigió a otro café del que había sido clienta habitual, el café Vienés, ubicado en la ostentosa Casa Fuster. De aquella construcción no quedaba apenas nada. Un imponente hayedo con rocas formando cobertizos y jabalíes había ocupado su lugar y destrozado la edificación modernista más lujosa de la ciudad.

Durante el tiempo que tardó la activista en llegar de un lugar al otro, la lluvia había comenzado a caer con fuerza y había apagado las hogueras más débiles que quedaban en las calles, por lo que Barcelona había regresado a una oscuridad parecida a la que habían conocido al mediodía, solo quebrada por la claridad azul.

Empapada por una lluvia cada vez más espesa, lenta y fría, a Capmany se le acababan las opciones. Se hacía camino entre la negrura gracias a un farol cubierto que sobrevivía al agua y al viento. Pensó en acercarse al café Iberia, frecuentado por melancólicos melómanos, pero entonces recordó la existencia en el Raval de un café donde se juntaban los detectives salvajes: el Cèntric. Aquellos hombres no eran muy de fiar, ya que, si bien se entregaban en cuerpo y alma a sus pesquisas, tal vez lo hacían demasiado y, en ocasiones, confundían su vida particular con el trabajo y todo salía peor que mal. Pero eran su última carta.

Cruzó la Diagonal, entró en una tienda de ropa

cuya puerta había sido forzada y se cubrió el cuerpo con un abrigo de piel. Cogió uno de los que más brillaban, pues, mezclados los tiempos, algunas de esas pieles emitían breves destellos de fuegos fatuos.

En las calles apenas quedaba gente. Solo se escuchaban algunos tiros al aire lanzados desde los altos de los edificios, aunque al cruzar la rambla de Cataluña se topó con algo de compañía: con los gigantes del Pi, unas figuras de varios metros de altura que representaban a la reina Elisenda y a un noble sarraceno, de nombre Mustafà. Los dos personajes bailaban sobre un charco de lluvia. Iluminados por varias teas y al son de una *gralla* tocada por un niño de once años al que le cubría el agua hasta la cintura: el *Cant dels Maulets*. Observaban la danza varias familias desde las ventanas de sus casas. Lloraban ante el espectáculo. La activista esbozó una sonrisa melancólica y continuó el camino.

Café de los detectives salvajes. Ocho y media de la mañana.

Capmany suspiró de alivio al ver que el café estaba abierto y repleto de gente, de solitarios desprovistos de sueño. Comprobó que los allí presentes encajaban con el perfil de investigadores en la sombra. La mujer reconoció al dueño del bar. Él a ella, en un primer momento, no, pues su rostro era otro con la cabeza rapada. Se acercó a la barra y se fundieron en un abrazo. En circunstancias normales no habría saludado con tanta euforia a aquel hombre, del que no recordaba siquiera el nombre. Pero en una ciudad tan sombría y a las puertas de la extinción, todo contacto humano era agradable.

El dueño sacó un par de toallas y secó los hombros y el cuello de Maria Aurèlia. Ella agarró una y se la pasó por la coronilla. El camarero se excusó y Capmany se tomó mientras tanto una copa de aguardiente, y se calentaba las puntas de los dedos con unos ceniceros que ardían sobre la barra con tapones de corcho y aceite cuando notó la voz de un hombre bebido que le gritaba casi en la nuca:

—¡Ya avisó Casavella! ¿Por qué si no iba a haberse ido la luz un 15 de agosto? Si lo dice hasta en su novela. Mire, mire. Léalo usted misma.

El hombre le abrió un libro blanco voluminoso y le señaló una frase subrayada:

Quizá mucho de lo que diga te va a parecer...
fantástico, irreal,
pero los tiempos son fantásticos e irreales.

El camarero volvió entonces a atender a la mujer. Capmany fue al grano y le preguntó por el mejor detective de todos los presentes. El hombre, sin dudarlo, le dijo que se trataba de un tal Bolaño, y que aquel debía de ser su día de suerte. Le señaló la pared al fondo, donde el detective compartía un té con otro joven: Felipe Müller, para quien quiera saberlo. Bolaño, que había interpretado la tarde anterior un monólogo en los teatros del Turó, no había vuelto a casa esa noche y se había ido directo a la taberna, donde aún seguía postrado.

El hombre escuchó la historia y la causa de Capmany, pero se negó en rotundo a participar. Dijo que él no era un detective, que no lo convertía en uno que hubiera escrito sobre ellos y que, aunque se lo propusiera, por muy noble que fuera la causa, nunca encontraría a tiempo a ninguna de las personas que le había descrito, de las que no había oído hablar siquiera; que él era chileno y que poco sabía de Barcelona.

La activista, decepcionada, volvió a preguntar al camarero. Este tomó un candil y alumbró uno por uno los rostros de los allí reunidos. Volvió algo apesadumbrado.

—Lo siento mucho, querida. No creo que ninguno de estos te sirva. Son demasiado *realvisceralistas*, signifique eso lo que signifique, ¡si es que ni siquiera ellos lo saben! El resto son piltrafas de la *bohèmia negra*, a quienes se les llena la boca de ideas, pero luego solo sueltan llanto. Lo siento. A esta hora solía venir a desayunar Mendoza, pero va a ser que ya no aparecerá más por aquí.

—¿Qué Mendoza?

—Eduardo. No sé si lo conoces. Es más de mi quinta que de la tuya. Él es muy versátil. Te serviría de detective.

—¿Y crees que vendrá hoy?

—Eso es lo malo, que ha dejado la ciudad. Dicen que lo vieron en una alfombra voladora abandonando Barcelona por el Mediterráneo. Aseguraba que había encontrado por fin a Gurb y que quería marcharse con él a su planeta. Llevaba meses obsesionado con la tarea de buscar a un extraterrestre con ese nombre.

—No parece muy cuerdo el Mendoza ese. Ni la historia muy real, pero visto lo visto desde ayer... En todo caso, te agradezco la ayuda.

—¡Espera!, que se me ha venido otro a la mente. —El camarero, en silencio, se frotó cómicamente la sien y rebuscó en la memoria. Capmany se preguntó si el destino de toda la ciudad dependía de una sola sien—. De hecho, es el mejor, si obviamos su enfermedad.

—¿Qué le pasa?

—Es un hombre con un trastorno en la personalidad; digamos que a la luz del día se comporta como un escritor de novela negra, pero al caer la noche se mete en la camisa de su personaje más famoso, que es detective.

—¿Sabes dónde puedo encontrarlo?

—¿Conoces el restaurante Casa Leopoldo? Está bien cerca de aquí. Prueba allí. Te anoto su nombre en esta hoja. Bueno, sus dos nombres. Aunque, con esta oscuridad, estoy seguro de que estará metido en su personalidad literaria.

—Gracias. Voy ahora mismo.

—Coge uno de los paraguas que hay en la entrada. Dudo mucho que vuelvan sus dueños a por ellos. Y que Dios te bendiga.

Cuando Capmany abandonó el café, notó que las gotas de agua caían cada vez más congeladas. Estaban a nada de hacerse nieve, de vestirse con la preciosa forma del copo. El suelo ya estaba cubierto de cencellada.

La helada la ralentizó y tardó más de lo que había estimado en llegar al otro lugar. Tampoco ayudó que la llama del farol se congelase. Tuvo que deshacerse de la lámpara y sacrificar cada ciertos metros una nueva cerilla para que le alumbrara los pasos. La mujer parecía un cactus deshojándose.

De pronto, le sobrevino un miedo: no quería perder la hoja que el camarero le había escrito, o que se mojara. Así que la memorizó. Sacó la nota y fijó un largo rato la vista sobre el papelito de estraza y las señas en lápiz:

De día: Manolo/Manuel Vázquez Montalbán
De noche: Pepe Carvalho

Carvalho no estaba en Casa Leopoldo degustando el habitual rabo de buey que siempre pedía, sino en el casi bicentenario restaurante 7 Portes, ubicado junto al Pla de Palau. Aquello le supuso un viaje más a la activista. Cuando llegó, se encontró con un local sin ninguna vela encendida, pero iluminado gracias a la luz que emanaba de los platos de comida. El cocinero se guardaba para sí los ingredientes secretos que hacían que sus sopas brillaran e iluminaran los rostros hambrientos y el resto del recinto: calamar luciérnaga en polvo, jalea de petróleo y quinina.

Capmany halló al detective saboreando una sopa de galets acompañada de una butifarra de huevo, una pequeña porción de conejo con caracoles y una coca de recapte.

—No es que sea mala comida, pero uno tiene un

paladar, y basta con que se lo eduque de una forma para que, al final, buena parte de la comida te sepa a lo mismo. A chicha y a sal. ¡A *barreja*! Por eso vengo siempre aquí. No hay que jugar a los dados con el estómago. Aunque aquí estemos consumiendo vaya usted a saber qué que nos ilumina por dentro. ¿Será fósforo? ¿O el fósforo en sí mismo no emite brillo?

—*Bona nit*, señor Carvalho.

—*Bona nit*. ¿Y usted es?

Capmany suspiró aliviada al ver que aquel hombre respondía al nombre de Carvalho y que, además, la oscuridad, pese a lo que dijera el reloj, lo había mantenido en su segunda personalidad, la del detective.

—Presentarme nos ocuparía demasiado tiempo. Escuche, necesito con urgencia un detective que pueda buscar a dos personalidades en esta ciudad a oscuras.

—Entiendo. ¡Siéntese, siéntese!, y le pido unos pimientos morrones al marisco o una espalda de cordero. O, si no le apetece nada salado, el mejor menjablanc de la ciudad.

—No, muchas gracias. Aunque diría que no he comido desde hace un siglo. Con decirle que salgo de un asedio policial en el que se nos ha prohibido todo alimento.

—Coma, coma, entonces. Siéntese a mi lado.

—De verdad, insisto. No hay tiempo que perder. Por favor.

—Quizá pueda ayudar. ¿Qué ha dicho que necesita de mí?

—Que localice a dos personas.

—Dígame de qué hombres se trata.

—Pensándolo mejor, ¿puedo robarle un poco de escudella?

—¡Camarero! Traiga un poco más de escudella. Y unas manitas de cerdo con nabos de Peguera y setas de San Jorge.

Interludio II

Carmen había estado frente al espejo desde que se había despertado. Bajo la luz cálida de una lámpara de aceite, la escritora, a la que hasta ahora había apodado «la veinteañera», comprobaba todos los cambios que había sufrido su cuerpo. Se había despertado con treinta años más.

El frío que se colaba en la casa por cualquier rendija y que transpiraba por los gruesos muros no le permitió desnudarse por completo. Se sobarcaba la blusa, se bajaba los pantalones, se remangaba... Pese a que sus carnes ya no lucían la tersura de antaño, las reconocía propias. También el rostro, lo que más trabajo le costaba mirar. Le daba miedo la expresión, más dramática y profunda que de costumbre.

Y no solo había cambiado físicamente. Sentía que ahora recordaba más cosas, personas, lecturas... Incluso sus propias obras. *Nada*. *La isla y los demonios*. *La mujer nueva*. *La insolación*.

También sabía todo lo que había ocurrido en su ausencia. Las imágenes de la ciudad mutando, de los edificios y las épocas colisionando y de todo el caos resultante se le reprodujeron en la cabeza. ¿Cómo podía saber todo aquello si no había salido del cuarto? Ahora bien, lo que más le extrañó fue que nada hubiera cambiado a su alrededor. Seguía en el mismo cuarto de la casa de sus tíos. Incluso le parecía escuchar a su tía Encarnación aún en el salón discutiendo sobre cualquier nimiedad. Tan real le parecieron aquellos gritos que se dirigió a la otra estancia para comprobar si eran figuraciones suyas. No lo eran. No se atrevió a entrar donde estaban, pero los vio a través de la junta hueca de la puerta y el marco, iluminados por decenas de velas. Ellos no habían envejecido. «Al menos —se tranquilizó— este mal de la vejez solo me ha afectado a mí, y no a los míos.»

Intentó encontrarle sentido a la situación. Volvió al cuarto, rezó de rodillas junto al catre invocando al Espíritu Santo para que le diera fuerzas y entendimiento, y se recostó. Se sintió indispuesta. Muchos recuerdos enterrados y visiones futuras seguían disputándose el presente de su memoria. Proyectaba imágenes de personas que le eran familiares y, al mismo tiempo, desconocidas: una tal Loli, que la cogía del brazo y le mostraba maravillas ocultas en Roma; otra mujer llamada Rosa, de quien no recordaba el rostro pero sí el apellido: Cajal; tres niños que la abrazaban sin saber quiénes eran: María, Diego y Laura; el rostro de un hombre que maldecía las checas de la guerra civil, y una criada y un perro siguiendo al hombre malhumorado... Incluso los lugares se los imaginaba a medias: un piso en la calle O'Donnell, el puente de piedra de Arenas de San Pedro, escenas de las islas Canarias, la ciudad de Barcelona, Madrid, Majadahonda... El torrente de imágenes le estaba provocando una migraña percutiva. Optó por centrarse en lo que con más premura le urgía entender: la oscuridad en la que parecía continuar sumida Barcelona.

¿Cómo era posible que la ciudad siguiera a oscuras? La explicación más razonable era la dichosa nota que había escrito, aquel deseo suyo de que la oscuridad llegara a Barcelona. «Si yo sola he ocasionado todo esto, yo sola podré ponerle fin», se dijo.

La hoja la había quemado, pero cerró los ojos e intentó recuperar la frase que había escrito. Y lo logró:

Quiero ver la catedral envuelta en el encanto
y el misterio de la noche.
En una noche eterna, una noche de los tiempos.

Tomó una manta y se la echó al espejo. Retomaría la observación de su cuerpo más tarde. Tenía algo urgente que hacer: buscar a Dolors Monserdà, la escritora que le había dado el papel mágico, y preguntarle cómo revertir la catástrofe que había provocado.

A hurtadillas, descalza y sin hacer ruido, recorrió buena parte del intrincado pasillo de sus tíos. Temía que los maderos del parqué crujieran como de costumbre, pero se habían helado y, en lugar de astillarse, resbalaban. Se sujetó a las baldas de las estanterías que tapizaban las paredes y llegó hasta la salita donde estaba el teléfono, el único en todo el bloque. Descolgó y habló sigilosamente con la mujer de la centralita, que no tenía el número de Monserdà, quien había fallecido años atrás.

Entonces se le ocurrió a Carmen hablar con una agente literaria. Se le vino a la cabeza Carmen Balcells. Se preguntó si, unas horas antes, la habría recordado; los treinta años que habían transcurrido para ella en el sueño de una siesta le habían traído muchos recuerdos futuros.

La operadora esta vez sí que movió los cables necesarios para establecer la llamada. Carmen tardó en coger el teléfono, pero reconoció a Laforet. Le facilitó la dirección de la última casa donde había vivido Monserdà y le pidió que se pasara por la agencia lo más pronto posible, pues habían encontrado la forma de salir de la ciudad.

A la escritora se le dispararon las pulsaciones. La idea de abandonar Barcelona la entusiasmó y la soliviantó. Quizá volvería a sus veinte si lo hacía. Pero antes tenía una cuenta pendiente con la ciudad, y se dirigió deprisa a casa de la señora del cuaderno mágico. La calle de la Palla no le quedaba lejos. Se calzó, se puso dos abrigos de su tía, pues los suyos le quedaban pequeños, se colocó un pañuelo en la cabeza y un cigarro en los labios, tomó un quinqué y tres cajas de cerillas del taquillón de la entrada, y se marchó.

—¿Quién es usted? ¿Qué se le ha perdido aquí?

—Hola. No me reconoce, parece. He envejecido mientras dormía. Soy Carmen.

—¿Qué Carmen?

—Si no me falla la memoria, y parece que, lejos de fallarme, late con fuerza y con mejor salud que nunca, usted es Dolors Monserdà y sigue viva porque pidió ser inmortal en una de esas hojas de su cuaderno.

—Ay, Dios santo. —Dolors le abrió la puerta y le indicó que pasara—. Entre, que se escapa el calor. Y es lo único que nos mantiene con vida.

Carmen siguió a la anciana por un laberinto de habitaciones. La torcía que llevaba Dolors temblaba al compás de su muñeca. La silueta de la vieja se movía de un lado a otro y se proyectaba en las paredes, atiborradas de retratos y pinturas neoclásicas enmarcadas en piezas bañadas en oro. El final del recorrido daba a un salón iluminado por el fuego de una chimenea. Dolors le señaló el sofá y Carmen se sentó en él. Ella lo hizo en un sillón que parecía haber cogido su forma. Todos los muebles estaban cubiertos de tejidos cosidos a mano, de ganchillo y punto. Carmen apenas los distinguía, pues el cuarto estaba lleno de humo.

—¿No abre usted la ventana?

—Se lo he dicho antes. La oscuridad quiere consumirnos. Si abro, arrasará con la casa y conmigo. Me robará el brillo y la vida. Por ahora, a cal y canto. Pero menos mal que has venido, niña. ¡Perdone!, que ya es toda una mujer. Cómo ha crecido. ¿Qué escribió en aquella hoja? Seguro que este caos es cosa suya. ¡Tiene que revertirlo!

—¿Y cómo?

—Ese es el problema. El dichoso muro negro.

—¿Qué muro?

—Nadie puede salir de la ciudad. Los que lo han intentado se han encontrado con una muralla negra donde se pierden el tacto y el sonido y se acaba cayendo en un abismo sin fondo. Estamos atrapadas en esta oscuridad. Y lo peor de todo es que ese muro, al parecer, cada vez es más grueso. Le está comiendo terreno a la ciudad, cercándola y asfixiándola, y acabará por engullirla. Ni por tierra ni por mar ni por aire. No hay escapatoria. Oscuridad aquí y allá. El bibliobús cayó por un precipicio, los barcos se perdieron y fueron abatidos por el oleaje, las alfombras voladoras perdieron el norte y cayeron contra la tierra. Nadie puede escapar de las garras de esta opresiva negrura.

—¿Por qué está sucediendo todo esto? ¿Es culpa mía?

—Es culpa suya, sí. Otros pensarán que hay otra razón, pero se equivocan.

—¿Y qué puedo hacer para revertir la oscuridad?

La escritora decimonónica miró a Carmen y le tomó la mano:

—Lo que usted puede hacer solo puede hacerlo usted. —Dolors no se movía, sonreía y mostraba unos ojos vidriosos y ancianos que reflejaban las llamas agitadas—. ¿Me pasa la bolsa que hay al lado del sofá? Aquella de allí. —Carmen le alargó un zurrón de cuero—. Muy bien. A ver, que entre tanta cosa... Aquí. Bien. Tome.

Dolors sacó de la bolsa el mismo cuaderno que le había mostrado la noche anterior en la ceremonia de los Juegos Florales. Se santiguó pensando en san Bartolomé, el patrón de los encuadernadores, por haber muerto despellejado, y arrancó una de las pocas hojas que le quedaban al libro en blanco. La plegó y se la puso en la mano a Carmen.

—Lo que usted puede hacer solo puede hacerlo usted. —Parecía gustarle aquella frase—. Este papel pertenece al mismo cuaderno que la hoja donde escribió el deseo que habrá causado todo esto, ¿o me equivoco?

—No, creo que no se equivoca.

—¿Pidió que la oscuridad nos asfixiara? ¿Levantarse con cincuenta años? ¿Qué demonios pidió?

—¡No! Por supuesto que no.

—¿Y qué pidió, entonces?

—No lo recuerdo bien... Pedí la inspiración de la noche... Una noche eterna. ¡Pero no pretendía nada de esto! Ni mucho menos envejecer de un día a otro.

—Bueno, pues como lo que usted puede hacer solo puede hacerlo usted, tendrá que hacerlo o desapareceremos todos. Mire, es muy sencillo. Pero ha de concentrarse. Debe recuperar la primera de las frases de su texto.

—La primera la recuerdo perfectamente. Se me quedó grabada.

—¡Ni la pronuncie! Guárdesela para usted. Escúcheme. Ha de volver a escribirla, pero al revés, empezando por la última letra, como si la viera en un espejo.

—Pues deme un bolígrafo, que...

—¡No! —Dolors le apartó la hoja vacía de las manos con vehemencia—. Tan sencilla no es la cosa, pues no surtirá efecto si la escribe en esta oscuridad. Vaya, que debe usted abandonar primero Barcelona y escribirla después. Si usted deseó la noche, tendrá que escribir la nota bajo un sol resplandeciente.

—¿Y cómo se supone que voy a escribir con la luz del sol si no hay sol en toda la ciudad ni se puede salir de ella? ¿No decía usted que estábamos rodeados por un muro?

—Y lo mantengo, Carmen. Lo mantengo muy a mi pesar. Yo, que ya soy vieja y que usé este cuaderno para no envejecer más, no le temo a la oscuridad. Ya he vivido suficiente. Pero me apena pensar que toda la ciudad desaparezca y se abra un hueco en la historia. Que Barcelona se borre del recuerdo de los hombres. Un pliegue en el lienzo de Dios adonde no llegó la pintura ni la luz.

—¿Qué puedo hacer?

—No lo sé. Pero váyase, que el tiempo apremia.

Dolors la acompañó hasta la entrada y le pidió disculpas por haberle entregado la primera hoja. Le deseó toda la suerte del mundo. Cerró la puerta y se escucharon varios pestillos corriéndose.

En la oscuridad de aquel pasillo de otro tiempo, Carmen suspiró esperanzada al recordar la conversación que había tenido con la agente, que decía que sabía cómo salir de la ciudad.

Antes de abandonar el casco viejo, se paró frente a un árbol que tenía luz propia. Se trataba de un cerezo en flor que había aparecido en la esquina de una calle, atravesando el muro de una vivienda. Carmen se acercó, lo acarició y lo olió. Aquel árbol significaba algo importante para ella, pero no lograba saber qué. Sintió un dolor en la sien, similar al que había tenido días antes del apagón por una insolación. Derramó algunas lágrimas y se fue corriendo hacia la casa de su agente, y mientras bajaba las calles de Barcelona se escuchó a sí misma decir dos palabras que, aparentemente, no tenían sentido juntas.

Uno... única

22

La bombilla y la avioneta

El gitano: Juli Vallmitjana

Como en este episodio empezará a nevar,
la escucha de un villancico catalán podría
dibujar mejor las imágenes:
El noi de la mare.

La ciudad acabó por sangrar. Los poros de Barcelona se humedecieron y cubrieron de una pátina roja buena parte de la calzada. Brotó sangre de las alcantarillas, de las aceras quebradas, de las bocas de los buzones, de los enchufes, de las rejillas de ventilación, de los huecos de las raíces de los árboles, de las grietas de los asfaltos, de las baldosas bufadas, de los campos llanos y los terrenos sembrados, de las juntas de las tumbas, de los socavones y los arbustos arrancados, de las orillas pedregosas de los mares, de las fuentes y de los aspersores exánimes... Pero duró poco. La lluvia, la escarcha y, por último, la nieve calmaron el sangrado. Y, así, la imagen de una ciudad sangrante solo ocupó un breve lapso de tiempo, un párrafo moribundo.

Comenzó a nevar a las nueve de la mañana. Pronto, la nieve se acumuló y le dio un aspecto tierno y silencioso a la ciudad, que, por fin, gracias a la blancura de los copos, reflejaba la tibia luz azul y hacía que esta resplandeciera. El callejero se hizo de nuevo visible, blanquecino e inmaculado, como recién trazado. Ya se podía ver: una ciudad azulenca, de cristal, pintada de negro cordobán, azul oscuro casi negro y blanco nieve. Pero los barceloneses no quisieron salir de sus casas por dos razones: para no aplastar aquella nieve y que la oscuridad volviera a asfixiarlos, y porque, frente a la tibieza y a la armonía de los copos acumulados, el cielo estaba lleno de puntos negros que cada vez se iban agrandando. Eran las cabezas de las bombas mirando hacia sus objetivos, cayendo a cámara lenta. El pueblo temía las sombras de aquellos proyectiles bélicos que anunciaban una destrucción total. De hecho, desde las áreas más altas de la ciudad, aguzando la vista, se podían observar las bombas en el cielo, aparentemente quietas. Según algunos cálculos hechos a ojo por matemáticos insomnes, las bombas, que marchaban ralentizadas, caerían antes del mediodía.

Si el plan orquestado en el convento de los Capuchinos por los estudiantes e intelectuales no daba fruto, todos los habitantes de Barcelona morirían, de frío o por el fuego o por ambas cosas a la vez. Y si había quienes sobrevivían, morirían de una oscuridad total, insalvable, inmune a la llama del fuego.

La nieve cubrió la ciudad y calmó la piel dolorida de la tierra barcelonesa, como la gasa que cubre una herida mortal de guerra aun sabiendo que el miliciano va a expirar. Frío, blancura y silencio; miedo y parálisis. Así, los chorros de la fuente de la calle Portaferrissa se quedaron congelados, y el pino de la plaza del mismo nombre corrió la misma suerte y se quebró en dos; el dragón chino de la Casa de los Paraguas, la hermosa obra construida por Vilaseca, se separó de la fachada y voló hacia el horizonte buscando un sitio más cálido. También huyó el célebre gato de Botero con el deseo de encontrar el abrigo de algún parque frondoso; el mamut del parque de la Ciutadella volvió a la vida y se paseó por la ciudad, tal vez fuera el único al que las bajas temperaturas alegraban, y el pez de oro de casi sesenta metros de largo que descansaba en la Vila Olímpica saltó hacia el mar, donde tendría menos frío que al aire libre. La nevada también obligó a cerrar el Bosc de les Fades, el café decorado como un bosque élfico, ya que los árboles helados empezaban a engendrar lobos hambrientos, e hizo que clausuraran el Museo de Cera, pues algunas de las figuras habían sufrido el efecto de las llamas de los candiles de los turistas que se habían escondido allí. Tuvieron que precintar la plaza frente al MACBA, ya que los skaters de la zona se habían quedado congelados en el aire, suspendidos, y, si las temperaturas subían, caerían contra el suelo y podrían herir a los transeúntes. El caoba Arc de Triomf se tiñó de blanco, así como todos los tejados de la ciudad. Y la plaza de toros Monumental se llenó completamente de nieve y alcanzó semejante peso que se hundió y quedaron erguidas solo las torres que sostenían grandes huevos blancos de Pascua, como bígaros.

Lo mismo le sucedió al Camp Nou, que se hundió en lo profundo de la tierra. Y la que hundió el rostro en la tierra, y por decisión propia, fue la llamada Cara de Barcelona, la escultura del paseo de Colón, que prefirió no contemplar la destrucción total que se avecinaba.

Con el manto blanco se extendió un silencio insondable, la célebre calma que precede a la tempestad.

Aquel paisaje bello pero desolado sorprendió a Carvalho cuando abandonó con el buche lleno el restaurante donde había apalabrado su nueva misión. La activista Capmany, por el contrario, decidió quedarse y terminar la escudella que el detective gallego le había ofrecido. Agotada de trotar por una ciudad que expiraba, pasó el relevo.

Carvalho disponía de fuerzas y energía suficientes para cumplir con la tarea. Se encargaría de buscar a ese escritor amigo de los gitanos. La búsqueda de la piloto la llevaría a cabo su ayudante y mano derecha, Biscuter. Fue a avisarlo a otro restaurante, el Can Majó, donde servían el pescado más fresco de la ciudad por estar ubicado en el barrio de la Barceloneta, cuyas calles estrechas servían a los marineros desde hacía más de doscientos años para tender las pieles de los pescados muertos y secarlos y salarlos, calles que, por su disposición, atrapaban los aires salados del mar. Prueba de ello, las paredes ennegrecidas por el efecto salino.

Tal y como se había figurado, encontró a Biscuter medio dormido sobre una de las mesas del establecimiento. Le alejó el vino y el arroz a banda, que lo único que hacían era llevarle la sangre del cuerpo al estómago, y pidió al camarero que le preparara un pisco sour bien cargado. Confiaba en que los cítricos le ayudaran a digerir todo lo que había engullido durante la noche melancólica y eterna, y en que lograría espabilar.

Tardó poco en recuperar el sentido. Carvalho le contó el plan. Le insistió en que era urgente, que la ciudad que conocían corría el riesgo de desaparecer. Biscuter se tomó muy en serio la advertencia y anotó lo necesario. Si todo iba bien, debían volver a reunirse como muy tarde a las once de la mañana, dos horas después, en la explanada que había frente a la fachada principal del castillo de Montjuïc. El ayudante le aseguró que conseguiría encontrar a la instructora de vuelo y Carvalho depositó su confianza en él. Dieron cuerda a sus relojes y se despidieron con un fuerte apretón de manos.

El detective abandonó el restaurante, echó una ojeada a la playa, que parecía cubierta de zinc, y partió deprisa hacia el distrito de Sant Martí, atravesando lo que se llamó posteriormente Poblenou hasta llegar al denostado barrio de la Mina.

Esa zona de Sant Adrià de Besòs, que formaba parte de Barcelona bajo aquella oscuridad, no había sido afectada por el solapamiento entre Barcelonas. La discriminación que había sufrido a lo largo de las décadas por parte de los diferentes ayuntamientos de la ciudad se prolongaba también en la catástrofe. Por ejemplo, para Navidad, las peores luces, las que sobraban, siempre acababan colocadas allí, y las reformas urbanísticas de alcantarillado, eléctricas o las relacionadas con el mantenimiento de internet también llegaban tarde. El barrio estaba al final de la cola en las subvenciones y ayudas de la ciudad. La situación no había cambiado después del apagón, como se hacía evidente, por ejemplo, en el reparto intermitente de velas públicas. Ni siquiera la nieve que enfriaba la ciudad había caído en el barrio; estaba arrinconado de todo, hasta de lo meteorológico. Tampoco se resquebrajaron sus calles por el surgimiento de construcciones pasadas y futuras. Sí se fue la luz, pero como eran muy pocos los que, antes de la oscuridad, habían tenido luz eléctrica de continuo, estaban acostumbrados a la penumbra y al frío. Por ello, Carvalho se encontró con una barriada que continuaba haciendo vida normal. Los comercios habían abierto a su hora, los niños habían ido a clase a las barracas de siempre, los viejos se habían reunido en los bares y los diferentes trapicheos que se daban en el barrio, relacionados con la droga, el robo y las estafas entre perros callejeros, habían seguido su curso natural.

Carvalho no se sintió extraño allí. Muchos de los personajes de su yo escritor procedían de lugares como aquel. Por ello no le costó trabajo encontrar al escritor que contaba la vida de los gitanos. De hecho, el detective se topó con él en el cruce de la calle de Ramon Llull y la rambla de la Mina, donde un cortejo de plañideras le cortó el paso. Más de doscientas mujeres gitanas vestidas de luto lloraban y alzaban las manos agarrotadas al cielo, con los ojos bajo un manto de lágrimas, gritando desgarros y lamentos. Lloraban la muerte de un joven pintor. Carvalho reconoció entre las mujeres a Vallmitjana y corrió hacia él. Le suplicó que le dedicara cinco minutos de su tiempo. Salieron de la multitud y se colocaron al final de la comitiva de plañideras. Al parecer, lideraba la muchedumbre un grupo de hombres que cargaban con el ataúd en el que reposaban los restos de Isidre Nonell, buen amigo del escritor.

—¡Con solo cuarenta años! ¿No podría la muerte haberme llevado a mí?

—Lo siento mucho. Ya me habían dicho que eran muy buenos amigos.

—Nos unía la pasión por los más desfavorecidos, sobre todo por los gitanos. Y ahora no podré volver a pisar la calle del Comercio. Demasiados recuerdos.

—Pero, si me permite la impertinencia, usted no es gitano, ¿verdad?

—¿Qué puedo ser entonces si no? ¿O es que eso va en la piel?

—Señor Vallmitjana, la ciudad lo necesita.

—¿Qué ciudad?

—Barcelona.

—¿Se refiere a lo que hay más allá de la Ciudadela? ¿Al nido de burgueses?

—Sí. Supongo que sí.

—¿Y qué quiere de mí? ¿Que les lea un texto sobre una etnia concreta para dar un toque exótico a sus encuentros en las disposiciones privadas de algún ateneo? Nadie me hará caso hasta que no esté muerto.

—Lo necesitamos para hacer que vuelva la luz.

—Que vuelva la luz, ¿acaso cree usted que deseo que vuelva? ¿Ve este barrio? Nunca tuvo calefacción ni apenas electricidad. ¿No le parece de justicia que el resto de la ciudad esté comprobando lo que es vivir a espaldas de Dios?

—No me parece de justicia que de mí dependa una decisión tan importante. Y creo que usted tampoco querría cargar un peso semejante sobre los hombros, porque, si la luz no vuelve, no solo desaparecerá Barcelona; moriremos todos. Y no será de frío.

Carvalho contó al escritor el destino atroz que les esperaba si no lo remediaban: la masa cálida tras las explosiones de los proyectiles esterilizaría los terrenos, descompondría la sociedad y desharía las carnes. La imagen estremeció a Vallmitjana.

—¿Y qué puedo hacer yo?

—Necesitamos acceder a las Tres Chimeneas y robar la bombilla celeste de repuesto. —El gitano, al que llamo así siguiendo la descripción que él hizo de sí mismo, soltó una estridente carcajada.

—¿A las Tres Chimeneas? ¡Pero si esas instalaciones pertenecen a los suyos! Son gubernamentales. ¿Qué diablos tengo yo que ver con esto? ¿Y qué va a arreglar con una sola bombilla?

—¿Pero quiénes cree que somos? El mismo gobierno fascista que los asfixia a ustedes nos asfixia a nosotros. Precisamente por no tener el favor de las autoridades necesitamos robar la bombilla, porque con ella volverán a la ciudad la luz y el orden. Y la única persona que podría ayudarnos es usted.

El gitano sopesó aquellas palabras.

—Bien. Digamos que conseguimos hacernos con esa bombilla que dice usted. ¿Qué pasará luego? ¿La conectarán a una lamparita?

—No. La conectaremos al cielo. Es una bombilla de grandes dimensiones.

—¿Y cómo vamos a colocarla en el cielo?

—Tenemos a la mejor piloto.

—¿La mejor? ¿Una mujer?

—Sí. No hay persona en todo el país que vuele mejor que ella.

—¿Y dónde está?

—Esperándonos frente al castillo de Montjuïc.

—¿No está controlado por el ejército?

Las palabras del gitano helaron al detective. Carvalho se dio cuenta de que no había caído en aquel detalle. Una vez que lograran llevar la bombilla hasta lo alto de la montaña de Montjuïc, deberían actuar con la máxima presteza, pues, sin duda, los guardias de la fortaleza se echarían sobre ellos.

—Lo tenemos todo controlado —mintió.

—¿Y cómo subiremos la bombilla? Porque como sea a pie, *durarà de Nadal a Sant Esteve*.

—Con el teleférico. —Aquella vez no le hizo falta inventar ninguna mentira más. Era cierto que pensaban auparla hacia el monte atada a dos de las cabinas del aparato.

—Pero, alma de Dios, ¡no podrán moverlo!

—El teleférico tiene dos sistemas mecánicos. El primero, que es el original, hace que la cuerda sea la que se desplace, y no las cabinas; el segundo es el que conocemos, en el que las cabinas son las que se desplazan. Si usamos el primer sistema y montamos en las cabinas que hay detenidas arriba el doble de personas que suelen llevar, la cuerda se moverá sola y las cabinas de abajo, que sujetarán la bombilla, que será aparatosa pero pesará poco, la elevarán hasta lo alto.

—¿Y cuántas personas necesitan subir a las cabinas para hacer eso?

—Alrededor de cien, creemos.

—Pues no sé de dónde las van a sacar, si tan poco tiempo nos queda.

Carvalho se alegró de comprobar que el escritor se mostraba exaltado. Levantó los hombros, dejando ver que no tenía aún respuesta para ese problema. El gitano maldijo la situación, hasta que se le ocurrió a él una idea.

—Yo pondré a las cien personas, pero si nos pagan como es debido.

—Denlo por hecho, por favor.

—¿Me lo jura usted?

—Tiene mi palabra.

—Mire que si me miente...

—¡Tiene mi palabra!

—De acuerdo. Pues vamos a buscar a Perico. Él nos facilitará el acceso a la fábrica, y así cogen su bombilla. Y, por el camino, hablamos del contrato, de sus cláusulas y de cuánto vamos a cobrar.

El detective respiró aliviado; sintió cómo los músculos que le rodeaban las costillas se relajaban. Carvalho, astuto como siempre, le haría una oferta generosa porque, si lograban que la luz volviera, no lo vería nunca más, ya que ambos pertenecían a generaciones diferentes. Y, si la oscuridad era total, nada iba a importar.

El gallego y el gitano se adentraron en las calles más enrevesadas de aquel barrio.

23

El laberinto y la oración invertida

El editor: Carlos Barral
La agente: Carmen Balcells
El científico: Marc Pau Coixí

La construcción más wagneriana de toda la ciudad, la Casa Lleó Morera, parecía tener aquel mediodía en penumbra parte de las luces traseras encendidas, pero no se trataba más que de una ilusión. La fachada posterior del edificio constaba de tres grandes galerías semicirculares, una por planta, y sus paredes estaban hechas de cristal, de grandes vitrales con escenas de aves negras. El salón de la tercera planta yacía repleto de velas y la luz atravesaba los vidrios hasta alumbrar parte del patio trasero de la manzana.

La sala había sido desprovista de muebles y de cualquier pieza decorativa para servir de almacén de libros. Era el refugio de una decena de personas que escuchaban las instrucciones que, en clandestinidad, daban un editor y una agente importantes.

—Gracias por ofreceros voluntarios. Los libros, con vosotros, estarán en buenas manos cuando abandonéis Barcelona y volváis a ver la luz. Estas lecturas nunca podrían ser leídas aquí, bajo este régimen asfixiante. Si estas voces no pueden expresarse aquí, lo harán fuera. Vuestro trabajo es primordial, y os lo agradecemos.

Aquellas dos personalidades, Barral y Balcells, conocían la ubicación de la única rendija por la que se podía escapar de la ciudad y de la densa oscuridad que la rodeaba: el laberinto de Horta, un jardín de cipreses inaugurado a principios del siglo XIX; el parque más antiguo de la ciudad y todo un museo de arte topiario. Un lugar romántico y enigmático.

Los literatos habían descubierto, hojeando libros venidos del futuro, que, trazando un determinado recorrido entre los alargados árboles, se volvía a ver la luz del sol. Quien lo hiciera pagaría un precio: no podría volver atrás. Una vez que terminara el sendero, esa persona volvería a una de todas las Barcelonas que se habían solapado aquella noche de los tiempos.

Los allí reunidos se mostraron entusiasmados ante la idea de huir. Todos lo harían, salvo el editor y la agente, que tenían que asegurarse de que los libros de sus autores predilectos seguirían saliendo de la ciudad.

—Hay algo más que debéis saber. No hemos logrado comunicarnos con nadie que haya abandonado la ciudad a través del laberinto. No podríamos deciros, por ejemplo, en qué época apareceréis cuando acabéis la senda. Ese es un riesgo del que estáis avisados y que debéis valorar. Es un salto al vacío.

—Yo prefiero el vacío al caos y a la oscuridad. No puedo trabajar en esta época con un material tan primitivo —dijo el único que no se dedicaba a la literatura, un científico llamado Marc Pau Coixí.

—¿Quién es usted? ¿Y quién le asegura que no

aparezca en una Barcelona prehistórica? ¿No han visto a un mamut por la ciudad? —preguntó uno de los libreros.

—El cataclismo lo hizo aparecer aquí. Viene de un futuro en el que ya no se cuentan los años.

—¿Por eso lleva usted ese pesado colgante?

—Es una alpagocita. ¿Lo explico de nuevo?

—Dice que es un mineral que te protege de la fida —añadió otro librero—, una especie de virus.

—No exactamente. Es una enfermedad autoinmune. El nombre recuerda al sida, pero son cosas distintas. Se lo llamó así precisamente porque lo confundieron con una posible mutación del VIH. Un mal que te abre las carnes y no tiene cura. Y te acabas muriendo, claro, porque el cuerpo pierde su forma y se agrieta por completo.

—¿Y ese mineral del colgante?

—Creemos que protege ante la fida, pero no estamos seguros. Quizá lo llevemos por superstición.

—¿Hay fida en esta Barcelona? —preguntó Carmen Laforet. Nuestra veinteañera, entonces cincuentona, se había unido al grupo después de visitar a su amiga, la agente Carmen Balcells. Era una de las voluntarias para abandonar la ciudad lo antes posible.

—¿Pero es que no han visto a nadie desangrándose por las calles o suplicando que lo cosieran? ¿No han salido de sus casas?

—¿Salir de casa? Con esta oscuridad y este frío —intervino una de las libreras— no está la calle para muchas vueltas. A todo esto, ¿cómo sabemos que lo de la fida es real? ¿Y si no es más que un sueño? Viniendo me he encontrado por la calle a Ramón y Cajal buscando una tienda de probetas. ¡Y ahora estoy sentada con Carmen Laforet!

—Perdone usted, ¿nos conocemos? —preguntó Carmen, extrañada por la familiaridad con la que le hablaba una completa desconocida.

—No. Aún no. Pero en el futuro nos encontraremos. Vendrá a mi librería a por un ejemplar de su propia novela. Le urgirá conseguir uno para regalarlo y charlaremos sobre una pintora italiana.

—En ese caso, ¿puedo preguntarle si tendré hijos? —La librera la miró con incredulidad—. Lo sé. No haga caso a mi aspecto físico. No soy más que una veinteañera. He dormido unas horas por el día y he envejecido. Por eso quiero abandonar cuanto antes la ciudad o mi vida acabará pronto. Quizá la próxima cabezada que eche sea la definitiva.

—¿De verdad quiere saberlo?

—No lo sé. Es probable que así desaparezca esta terrible soledad que siento, la necesidad de vivir aunque esté viva. Un anhelo por querer y sentirme querida. «Pues siempre, hasta que me muera, estaré volcada en los demás. Los querré y me querrán. Pero al mismo tiempo estaré sola...»

—Amigos —llamó la atención Barral—. No nos encontraremos en ningún futuro o pasado si no hacemos ahora lo posible por que el mundo entero sepa lo que está sucediendo aquí. Los libros y los carros ya están preparados. No hay tiempo que perder.

La nieve llegaba al metro de altura y se hacía difícil caminar. Habían cargado los libros en un vehículo que vertebraban las tres carrozas de una diligencia tirada por dos bueyes corpulentos. El boyero iba lanzando sal delante de los animales para facilitar que la nieve se derritiera y para evitar que pisaran sobre algún armadijo improvisado por algún barcelonés famélico: se estaban comiendo hasta a los animales de compañía. Por suerte, pasaron inadvertidos. La ciudad estaba en calma. Buena parte de la gente dormía, agotada ante el tráfago de las últimas veinte horas. Los literatos miraban con curiosidad las calles y las ventanas de los edificios buscando personas con las carnes abiertas, afectadas por aquella enfermedad que el futuro les tenía reservada. No vieron a nadie.

El trayecto fue en zigzag; el boyero se las apañó para sortear las calles que estaban cortadas o que habían dejado de existir. Siete kilómetros después, llegaron al destino.

El laberinto apenas se intuía en la oscuridad. La nieve no había caído sobre él, otra prueba de que se regía por leyes distintas a las del resto de la ciudad.

Sin detenerse apenas, montaron las carretillas, una por exiliado, y cargaron en ellas los libros. Ya solo eran tres los voluntarios; el resto se había arrepentido por el camino. Se despidieron y entraron en el laberinto en fila y en silencio. Encabezaba la expedición el hombre del futuro, que tenía mejor vista. Seguiría la línea de tiza fosforescente que habían dibujado en el suelo los primeros viajeros que se habían atrevido a recorrer el laberinto, marca que emitía luz e iluminaba tímidamente los pasillos arbóreos. Detrás de él iban Carmen y la librera.

En dos de los vértices del inmenso laberinto había dos templetes dedicados a Dánae y a Ariadna, desde donde se podía otear la mayor parte del recinto cuadrado. El editor y la agente se colocaron allí para observar el comienzo de la expedición. Esperarían hasta que desaparecieran los tres viajeros, que desde los templetes no eran más que minúsculos puntos negros. A los veinte minutos se los dejó de ver, y ya habían decidido que era hora de volver al centro de la ciudad y organizar nuevas partidas de libros cuando algo llamó la atención de Balcells.

Uno de los tres puntos negros se distinguió de nuevo. Alguien se había echado atrás. Acudieron corriendo a la entrada del laberinto y encontraron, entre lágrimas, a la librera, que les confesó la razón de su vuelta inesperada:

—Siento no haberles confesado mis dudas, pero han aparecido unas clínicas en unas naves de la Zona Franca que supuestamente te permiten interactuar con una persona fallecida.

—¿Cómo dice?

—No sé muy bien cómo funcionan. Lo mismo la luz volvió allí o se las arreglan para que las máquinas funcionen de otra forma. Pero necesito intentar hablar con mi hermana, que falleció ahogada de pequeña.

—¿Cómo se llaman las clínicas?

—*En compañIA*, con las últimas vocales en mayúscula.

—¿Y sabe llegar hasta allí sola?

—Sí, descuiden.

—Buena suerte entonces.

—Mucho ánimo, y siento haber desperdiciado la oportunidad.

—No se preocupe. Reencuéntrese con quien tanto desea, si es que puede.

El científico y la veinteañera no desistieron y continuaron avanzando por el laberinto. Carmen se notaba demasiado cansada como para seguir tirando de los libros. Se encorvaba cada vez más y le dolían todas las articulaciones. El científico notó que su compañera se estaba quedando rezagada y decidió quitarle peso a su carro. Al acercarse a ella y verla, dejó ver una mueca de horror que Carmen, de lo fatigada que estaba, no llegó a apreciar: la mujer parecía tener de pronto setenta años. La escritora, consciente de que le flaqueaban las fuerzas, accedió a abandonar el carro y caminó junto al científico. Le vinieron a la cabeza las cartas que intercambiaba con su amiga Elena Fortún y el desasosiego de la escritora frente a la pérdida de control de su propio cuerpo, ahogado por el peso del tiempo. «Yo no quiero que me dejen morir lentamente», pensó.

Atravesaron lo que parecía el centro del laberinto, donde una estatua de Eros los recibió con pose hierática. Carmen lloró ante la estatua, sin saber si lo que le hacía llorar era la belleza o el cansancio. El científico sintió que debían apresurarse, no fueran a quedarse allí atrapados, pero el paso de Carmen era cada vez más lento, así que convenció a la escritora para que se sentara encima del carro.

Apenas doscientos metros después, al hombre venido del futuro le temblaban los brazos. Le faltaba el aire. Se preguntó si no estaría envejeciendo él a la misma velocidad que la mujer. Se miró las manos y se levantó el jersey para verse el vientre. No parecían más arrugados. Siguió empujando casi sin aliento. Y oyeron tronar.

Una tormenta apareció, arreció y, en solo un par de minutos, los caló. Empapó los libros y, lo más grave, empezó a borrar el trazo de tiza del suelo que les indicaba el camino correcto. Marc Pau temía que, de continuar avanzando, pudieran perderse para siempre. Carmen recordó una reflexión de san Juan de la Cruz que había anotado en algún cuaderno, algo así como que «si un hombre quiere estar seguro de la ruta que sigue tiene que cerrar los ojos y marchar en la oscuridad». Pero ni con aquella frase el cuerpo le daba más de sí. El científico, paralizado, se maldecía bajo la cortina de agua. No conseguía tomar ninguna decisión y Carmen estaba ausente; tiritaba y se abrazaba a sí misma con la cabeza gacha. Se dio cuenta de que no podría avanzar ni retroceder con alguien en ese estado, así que se quitó el aro, lo lanzó contra uno de aquellos cipreses y cargó en los brazos con Carmen. Abandonó los libros bajo la lluvia y caminó hasta que perdió del todo el rastro de tiza, y, con él, la luz. La tormenta fue breve, pero duró lo suficiente para encharcar el suelo y ralentizar sus pasos.

Fue entonces cuando alzó la vista hacia el cielo, con ganas de implorar lo que fuese, y le pareció sentir que el negro de la bóveda había perdido algo de intensidad. Miró a la mujer para ver si ella también lo había notado. Carmen observaba el cielo y sonreía, feliz ante aquel cambio tan diminuto pero significativo en el que también había reparado. Esperanzada y con el hálito recuperado, pidió caminar por sí misma.

Cuanto más terreno recorrían, más se esclarecía el cielo. La tonalidad pasaba de negro a cobalto, y poco después se tornó celeste, hasta que apareció un sol brillante sobre sus cabezas, casi en el zénit. Lo observaron fijamente y lloraron locos de alegría.

El científico consultó el reloj de cuerda que guardaba en el bolsillo: marcaba las once del mediodía y seguía funcionando. Al parecer, estaban vivos y fuera de un ensueño, y habían conseguido salir de la oscuridad.

Exhaustos, terminaron de recorrer dos pasillos breves y lograron abandonar el laberinto. Aparecieron por el lado contrario al que habían entrado, por un camino ubicado frente a una amplia fuente redonda parecida a las del palacio de Versalles. Se fundieron en un abrazo de alivio e incredulidad.

Inmediatamente después, Carmen se excusó y pidió un momento a solas para aliviar la vejiga. El hombre le dijo que la esperaba detrás de la fuente, al otro lado de unos setos frondosos. Carmen aguardó a que el hombre se ocultara y buscó un lugar donde poder escribir tranquila la dichosa frase en la nota. «Cuanto antes la escriba, antes se invertirá la oscuridad en la ciudad», pensó. Se sentó en una de las escaleras que había frente a la fuente y extendió el papel doblado que había llevado bien protegido y seco entre los pliegues de su estómago. Ignoró la flacidez cerúlea de la carne anciana. Sacó también el bolígrafo y escribió la frase al revés, tal y como Monserdà le había recomendado hacer:

e.
he.
che.
oche.
noche.
a noche.
la noche.
e la noche.
de la noche.
o de la noche.
io de la noche.
rio de la noche.
erio de la noche.
terio de la noche.
sterio de la noche.
isterio de la noche.
misterio de la noche.
l misterio de la noche.
el misterio de la noche.
y el misterio de la noche.
o y el misterio de la noche.
to y el misterio de la noche.
nto y el misterio de la noche.
anto y el misterio de la noche.
canto y el misterio de la noche.
ncanto y el misterio de la noche.
encanto y el misterio de la noche.
l encanto y el misterio de la noche.
el encanto y el misterio de la noche.
n el encanto y el misterio de la noche.
en el encanto y el misterio de la noche.
a en el encanto y el misterio de la noche.
ta en el encanto y el misterio de la noche.
lta en el encanto y el misterio de la noche.
elta en el encanto y el misterio de la noche.
uelta en el encanto y el misterio de la noche.
vuelta en el encanto y el misterio de la noche.
nvuelta en el encanto y el misterio de la noche.
envuelta en el encanto y el misterio de la noche.
l envuelta en el encanto y el misterio de la noche.
al envuelta en el encanto y el misterio de la noche.
ral envuelta en el encanto y el misterio de la noche.
dral envuelta en el encanto y el misterio de la noche.
edral envuelta en el encanto y el misterio de la noche.
tedral envuelta en el encanto y el misterio de la noche.
atedral envuelta en el encanto y el misterio de la noche.
catedral envuelta en el encanto y el misterio de la noche.
a catedral envuelta en el encanto y el misterio de la noche.
la catedral envuelta en el encanto y el misterio de la noche.
r la catedral envuelta en el encanto y el misterio de la noche.
er la catedral envuelta en el encanto y el misterio de la noche.
ver la catedral envuelta en el encanto y el misterio de la noche.
o ver la catedral envuelta en el encanto y el misterio de la noche.
ro ver la catedral envuelta en el encanto y el misterio de la noche.
ero ver la catedral envuelta en el encanto y el misterio de la noche.
iero ver la catedral envuelta en el encanto y el misterio de la noche.
uiero ver la catedral envuelta en el encanto y el misterio de la noche.
quiero ver la catedral envuelta en el encanto y el misterio de la noche.

Terminó de escribir la oración que, creía, había provocado todo el caos, y la quiso enterrar. A sus espaldas había una pequeña gruta, dedicada a Eco, que le pareció un buen sitio. Excavó un pequeño agujero, la enterró y aplanó la tierra. Al verse las manos, delgadas y sembradas de venas purpúreas protuberantes, como guindas deformes, supo que había seguido envejeciendo.

La anciana suspiró aliviada, abandonó la gruta y echó una mirada al cielo. El brillo azul claro la hacía feliz: «¿Cómo pudo alguna vez no inspirarme toda esta claridad?». Fue a buscar al científico, que la esperaba detrás de las escalinatas. Estaba sentado encima de la carretilla, en mangas de camisa. Con la luz, el frío invernal había desaparecido. Carmen le pidió que la volviera a esperar, que quería subir a la pequeña colina que tenían enfrente para observar desde allí una última vez la ciudad de Barcelona antes de partir hacia Madrid. El científico, que volvió a encontrarla mayor, aceptó, y le impresionó ver cómo la mujer sacaba fuerzas para caminar ladera arriba. A pesar de sorprenderse de su agilidad sobrevenida, decidió acompañarla. Una vez arriba, lo que vieron hizo que la piel que recubría las arterias del corazón de Carmen se erizara, y que el bombeo del hombre se acelerara. Allá donde debía contemplarse una de las mejores vistas de toda la ciudad de Barcelona, desde la montaña donde estaban hasta el mar no había nada: una tierra llena de maleza y manchada de pequeños bosques sueltos.

Barcelona había desaparecido.

Ni Carmen ni Marc Pau sabían qué había ocurrido con la ciudad. Estuvieron un buen rato sentados en la ladera sin decir nada, hasta que escucharon los pasos de un payés que apareció caminando justo a su lado. Le preguntaron por Barcelona, pero el hombre no supo qué responderles: al parecer, nunca había oído hablar de una ciudad con ese nombre.

—Tampoco me conozco todo el país. Yo, masovero y a lo mío.

Si no fuera porque sus recuerdos coincidían, habrían pensado que habían perdido la razón. Cuando el campesino se hubo marchado, la anciana le contó al científico todo sobre la nota. El hombre le hizo ver que era imposible que ella sola fuera la responsable.

—¿En qué año nació usted?

—En 1921. ¿Y usted?

—En mi época ya no usamos los años. Nos dimos cuenta de que contar el tiempo no hacía más que aumentar la pena.

—¿Qué pena?

—La de vivir. La de que te metan en una caja para siempre.

—¿Y cómo se organizan sin el tiempo?

—Las horas del día sí que las contamos, y seguimos organizándonos en semanas y años, pero en enero celebramos una y otra vez el mismo año.

—No lo comprendo.

—Digamos que vivimos en el ahora. En el presente. La aparición de la fida fue demoledora y tuvimos que reinventarnos.

—¿La enfermedad nueva?

—Sí. Tuvimos que reinventar muchas cosas. Ahora, tras la jubilación, la eutanasia está disponible para toda la población. Y las familias deben tener al menos cuatro hijos. Si no, llegado el octavo cumpleaños del primero, los padres han de cumplir una sanción económica y, a veces, según los agravantes, penal.

—Suena bastante fantasioso.

—A mí me suena fantasioso que usted naciera en 1921.

—¡Para lo que recuerdo! Todos estos años se me han pasado en un suspiro. Barcelona me ha robado la vida. He pasado de la adolescencia a la vejez sin poder recordar apenas nada entremedias. Sí los rostros y nombres de algunos amigos, pero, por ejemplo, no los de mi familia. Creo que tuve dos hijas. Bueno, no estoy segura, pero creo que así fue. Me las imagino jugando al tenis y les pongo mi propio rostro. O escribiendo, o pintando. Vaya usted a saber. Y también... —Carmen enmudeció de pronto. Se quedó en blanco. Se masajeó el rostro con las manos temblorosas y miró a su interlocutor con una expresión de disculpa.

Su compañero le recordó la conversación, pero parecía no escucharlo.

Los ojos se le volvieron más vivos y recuperó parte del vigor de antaño. Carmen sintió que se le erizaba el poco vello que le quedaba en el cuerpo y notó nacer en ella una gran esperanza, que no tardó en compartir con él.

—¡Madre mía! ¡Qué tonta he sido!

—¿Qué ocurre?
—¿Tiene usted cerillas?
—Un par me deben de quedar. ¿Por?
—¡Se me ha olvidado quemar la nota!

Pese al temblor de las manos, Carmen quiso quemarla ella misma. Temía que el hechizo no se revirtiera si no lo hacía así. El hombre le dio la cajita con las últimas cerillas y observó con algo de lástima la escena: una anciana octogenaria, temblorosa y esperanzada, arrodillada ante un hoyo y una nota manchada de barro.

Carmen atinó a encender un mixto y acercó la débil llama al papel donde había escrito el deseo invertido. Entornó los ojos y vio cómo prendía. Se le reflejó el fuego en sus iris húmedos, que parecían ciénagas bajo el sol después de la lluvia. Esperó a que la mitad de la hoja fuera devorada por el fuego y lanzó la cerilla al suelo antes de quemarse los dedos. Se quedó observando la consumición del papel.

Le pidió al hombre del futuro que la ayudara a volver a la ladera desde donde se veía el solar de Barcelona.

—¿Qué hora es? —preguntó a su compañero.

—Faltan apenas cinco minutos para el mediodía.

—Me da tiempo a tumbarme un poco, que casi no siento la espalda. Creo recordar, pues estoy algo desorientada, que la última vez la tierra tembló al mediodía. Escribí la nota al amanecer, pero nada ocurrió hasta el mediodía. Quizá le lleve tiempo al hechizo, ¿no? A ver si no voy a poder jugar al tenis con las dos muchachas esas tan bellas. No sé. No sé lo que digo ni qué hago aquí. ¿Lo sabe usted?

Al hombre del futuro le entristeció la agonía de la anciana. Le dio la mano.

—Tranquila, Carmen. Intente relajarse, que ya ha pasado lo peor.

—No nos van a meter cemento por la boca, ¿verdad?

El hombre no comprendía a qué se refería, pero se sintió muy triste al imaginarse esa escena.

—No. Tranquila.

—¿Te quedas conmigo? —Era la primera vez que lo tuteaba.

—Sí.

—Nos quedaremos en la ladera hasta el mediodía, si te parece bien. Faltan tan solo unos minutos. Lo mismo se obra un milagro.

—Yo la acompañaré haya milagro o no. —Mentía, y era consciente. Intuía que, si el caos se desenredaba, Barcelona aparecería de nuevo en el descampado, pero cada uno de ellos volvería a una línea temporal diferente. Le dio pena imaginarse a la vieja sola en la colina.

—¡Que no me dejen morir! Deberíamos haber abandonado Barcelona antes.

—Tranquila...

—Quédate conmigo, por favor.

—Lo haré.

—No me refiero a ti, Linka.

—¿Linka?

—Se lo estoy diciendo a la vida.

La escritora y el científico no volvieron a intercambiar palabra. Se quedaron cogidos de la mano y expectantes, él sentado y mirando hacia la explanada de la ciudad y ella tumbada y mirando al cielo, con los ojos vidriosos y el reflejo de toda una vida consumiéndose.

24

Las flores de Bangkok

El ayudante: Biscuter
La piloto: Mari Pepa Colomer

Carvalho y Vallmitjana consiguieron hacerse con la bombilla. Y se detuvieron en una cala para firmar el contrato. Fue simple: el detective aseguraba al gitano y a las ciento veinte plañideras que, en cuanto volviera la claridad, podrían comer y cenar el resto de sus vidas sin pagar nada en el célebre restaurante Can Vilaró. Les prometió, además, que fundirían la estatua dedicada a Pau Casals frente al Turó Park, que decían que era de oro por dentro, y que se lo darían todo a ellos. El detective firmó el documento como si pudiera cumplir alguna de las promesas, pero, una vez que regresara la luz, huiría de la ciudad y nunca más volvería a encontrarse ni con aquellas personas ni con sus descendientes. Carvalho se iría al sudeste asiático, aunque no había decidido aún el país.

El siguiente paso, el desplazamiento de la bombilla hasta Montjuïc, lo llevaron a cabo en un tiempo inaudito. Tras la sustracción de la gran bombilla por una de las puertas traseras del almacén, la habían colocado, para no llamar la atención, debajo del amplísimo manto de una virgen que se sacaba en procesión en aquel barrio cada Semana Santa, manto cosido por los andaluces que vivían en el Carmel. Se trataba de la Virgen del Carmen, que, antes de que la pasearan en una barca en el mar, recorría el Poblenou. Después, una vez firmado el contrato, transportaron el bulbo hasta el puerto, en procesión, iluminando el camino con los cientos de cirios colocados delante de la imagen y debajo del palio. Cuando llegaron, engancharon con sumo cuidado la bombilla a un extremo del teleférico, a la cuerda por la que se deslizaban las cabinas que subían hasta lo alto de Montjuïc.

Once y media del mediodía. La oscuridad seguía siendo la misma. Sujeta la bombilla, solo faltaba que las ciento veinte plañideras, que ya habían logrado subir hasta el castillo de Montjuïc, saltaran al mismo tiempo en varias de las cabinas y provocaran que la cuerda corriera y elevara la bombilla hasta el monte. Y aquella empresa, por irreal y frágil que pudiera parecer, también tuvo éxito. Y los barceloneses que descansaban sobre las playas nevadas o en el parque de Montjuïc creyeron ver una bombilla gigante y apagada subir hacia la montaña al mismo tiempo que cuatro vagones llenos de gitanas llorosas descendían hacia la arena.

Vallmitjana, queriendo comprobar si aquella quijotesca aventura surtía efecto, se había montado con el detective en un vagón. Pero nada más empezar a ascender el teleférico cambió de idea y quiso volver a tierra. A la buena de Dios, abandonó la cabina y saltó al vacío. El viento hizo que no cayera sobre la dura roca del puerto, sino encima de las apacibles arenas de la playa de Sant Sebastià. Se recompuso y sacó la libreta que siempre llevaba consigo y una pluma. Sentado en la playa, empezó a escribir una breve novela sobre un niño abandonado en una cala. La llamaría *Albi.* Sería uno de sus últimos relatos.

No le dio tiempo a escribir más que unas líneas, pues cuando la bombilla llegó a lo alto, las plañideras llegaron al puerto, y entonces, para sorpresa del escritor, las vio correr hacia él con un llanto diferente que no auguraba nada bueno. Las mujeres lo señalaban con todos los dedos de las manos mientras se aproximaban angustiadas; lloraban y vaticinaban su próxima muerte. Vallmitjana temía que, si lo alcanzaban, la muerte lo atrapara de verdad. Y huyó.

Tanto las mujeres como el escritor se habían alejado del mar cuando los primeros proyectiles bélicos que iban a destruir toda la ciudad cayeron sobre la playa. Trece piezas, siete sobre la arena y seis sobre la plaza de Sant Felip Neri, no muy lejos de allí. Aquellas primeras bombas descuartizaron los cuerpos de trescientas personas, entre las que se encontraban cuarenta niños pequeños que jugaban con un balón. Las paredes de la plaza sufrirían durante años un acné prueba de la barbarie humana.

La piloto Mari Pepa Colomer recibió con ilusión su papel en el plan. El ayudante del detective Carvalho, el tal Biscuter, la había encontrado en casa de su profesor y marido echando una partida al cinquillo a la luz de unas velas. Ambos estaban vestidos con sus trajes de aviación, incluidas las gafas, para protegerse de las gélidas temperaturas.

Mari Pepa se mostró dispuesta a ayudar, pues siempre lo había estado, ya fuera pasando republicanos a Francia o despejando el camino de la aviación a otras mujeres. Y se despidió de su esposo por si no volvía, como hacía siempre antes de un vuelo peligroso.

El marido cumplió con la ceremonia habitual: la abrazó, le besó la cabeza y la coronilla varias veces y le acarició con los pulgares los párpados, después de soplárselos, para espantarle el sueño y que volara bien despierta. Mari Pepa rodeó el torso de su marido y lo apretó con fuerza. Le acarició el pecho con el rostro, como un animalillo que se frota contra su dueño. Ignoraban que aquella despedida iba a ser la última.

En el aeródromo, la mujer eligió una avioneta que pudiera cargar con una bombilla de semejante tamaño, que dispusiera de motor de gasolina, sin necesidad de batería, y que arrancara con una simple cuerda. No le fue fácil encontrarla. Mientras tanto, Biscuter se entretuvo en derretir el metro de nieve que se había acumulado y endurecido en la pista de despegue regando el suelo con agua y sal.

Partieron juntos en el avión y llegaron a Montjuïc en apenas unos minutos. El aeroplano contaba con una luz delantera, alimentada por la acción de una dinamo, que ayudó a Mari Pepa a evitar que chocaran con una de los cientos de bombas que caían lentamente sobre la ciudad, y que sorteó de milagro.

Aterrizaron en la cima y se alegraron al comprobar que el resto del equipo había conseguido llevar hasta allí la bombilla y que esta no se había resquebrajado. Su parte del plan aún tenía sentido. La piloto estrechó la mano a Carvalho, que se sorprendió de que esquivara sus besos, y con la ayuda de varios ingenieros y obreros de las tres chimeneas de Fecsa lograron atar la bombilla a una cuerda que se sostenía entre la rueda de nariz del aeroplano y el tren de aterrizaje. La cuerda era fina, pero estaba fabricada de polipropileno, un material ultrarresistente que habían tomado de los ascensores de los edificios de las Barcelonas futuras, así como de las tres vías flotantes que atravesaban el cielo bajo de la ciudad, raíles de trenes voladores movidos por imantación y venidos de un futuro remoto. Debajo de la bombilla colocaron una plataforma de almohadas y unas ruedas.

Mari Pepa decidió despegar orientándose hacia el mar. Temía que, si lo hacía mirando a la ciudad, pudiera chocarse con un andamio de alguna construcción invisible en la oscuridad o con una de aquellas vías flotantes. Sobre el mar no parecía haber nada hecho por el hombre, salvo el inmenso edificio con forma de vela, fácilmente salvable, y el rascacielos Neptú. Además, intuyó que habría menos bombas cayendo sobre las aguas. ¿Qué imbécil bombardearía el mar? Y si tenía que efectuar un amerizaje de emergencia, tal vez salvara la bombilla; en un aterrizaje estallaría.

Antes de que la piloto despegara, Carvalho se quitó el sombrero e hizo una especie de torpe genuflexión frente a ella que rozó el ridículo, movimiento que imitó Biscuter. La piloto ignoró aquellos tratamientos formales y se despidió estrechándoles la mano. Encendió el motor de la avioneta enrollando una cuerda en el morro, como se hace con las mulillas de los campos; se montó y dirigió el vehículo hacia un camino que le serviría de pista de despegue antes de que las fuerzas de seguridad que protegían el castillo de Montjuïc descubrieran su presencia. Para que esto no ocurriera y poder despistar al enemigo, otro grupo de obreros, esta vez procedentes del bastión fabril ubicado en el barrio de La Bordeta, así como varias mujeres de las fábricas textiles asentadas en Badal, armaron jaleo a los pies de Montjuïc, en la cara opuesta a la avioneta.

La maniobra de distracción parecía estar saliendo como habían previsto, hasta que un guardia los descubrió. El militar había recibido indicaciones de que debía destruir a cañonazos las cuatro columnas que se erigían al lado de la Fuente Mágica de Montjuïc. La orden venía del dictador Primo de Rivera. Cuando llegó a los cañones del otro flanco del castillo, descubrió la gran bombilla atada a la aeronave que estaba a punto de despegar.

Los ojos del guardia se salieron ligeramente de las órbitas. El hombre tuvo que empujárselos para no perder la visión. Medio ciego, fue a tientas a avisar al resto de los compañeros. Eso dio el tiempo suficiente a Mari Pepa para despegar y volar lejos con la bombilla, quedando en cuestión de un minuto fuera del alcance de los vetustos cañones. Fue directa al zénit de Barcelona.

Peor suerte corrieron Carvalho y su ayudante. Biscuter, que sujetaba la antorcha con la que se orientaban, recibió varios tiros por la espalda y cayó muerto. Fueron tantos los proyectiles que le dejaron el cuerpo como un colador, con una forma apenas humana. A oscuras, pues el fuego de la antorcha se apagó con la nieve, Carvalho se arrodilló e intentó abrazar aquella malla de carne, pero le fue imposible reconocer ninguna parte. Se puso en pie y huyó entre los árboles del monte con la esperanza de que los troncos frenaran las balas.

Descendió la tierra cubierta de un metro de nieve a través de un pequeño atajo entre dos laderas, con el ruido de los disparos cada vez más lejos. Saltó una pequeña valla de madera, se chocó y se echó la mano de manera refleja al corazón.

Sintió que se le había parado. Y, en efecto, no le latía. Pero no lo habían herido. Se tocó la espalda y se descubrió el pecho: ni un rasguño, ni una gota de sangre. El corazón no le funcionaba, pero no había dejado de existir. Observó entonces que, justo delante de sus pies, una mata de flores de todos los colores, parecidas a las de los mercados de Bangkok, brillaba pese a la falta de luz. Carvalho sabía lo que significaba. Se arrodilló, hundió las manos entre las flores, pensó en su nieto Marc y soltó el aire.

—Algo así debe de sentir uno al morirse.

Tres decenas y media de tiros le atravesaron el cuerpo y tiñeron de rojo las flores más blancas de Bangkok.

Once y cincuenta y cuatro minutos.

Mari Pepa, ajena a la muerte de aquellos dos hombres, sonreía feliz. Había conseguido despegar sin chocarse contra ninguna antena o edificio camuflado. Con un vuelo limpio, se dirigía hacia el zénit. Trazaba un recorrido circular para no levantar demasiado el morro del aparato y evitar así que se cayeran los obreros que viajaban amarrados a las alas y que tenían por misión conectar la bombilla al techo celeste. Pero ninguno de ellos cumpliría su tarea, pues, en uno de los giros, Mari Pepa no vio una de las bombas cayentes, que chocó contra el ala izquierda. El proyectil explotó y desintegró el vehículo. La bombilla también se hizo añicos y, al tocar el suelo, dividió en dos el Teatre Nacional de Catalunya.

Los cuerpos de los obreros tampoco se salvaron de la explosión, y sus miembros fueron pasto de las grandes bestias marinas. Al contrario que ellos, Mari Pepa no estalló, pero fue propulsada a una velocidad que hizo que perdiera el conocimiento y que muriera de un infarto. Su cuerpo desapareció en el horizonte, allá donde se dibuja Inglaterra.

La bomba emitió tal onda expansiva que activó el resto de las bombas que amenazaban Barcelona, que se detonaron las unas a las otras y se abrieron y ardieron formando una espectacular nube de fuego del tamaño de la ciudad. Una boina naranja de haces rojos como begonias iluminó al fin la ciudad de ciudades, el amasijo caótico y bello a la vez: aquella Barcelona de los tiempos.

Y la boina de fuego quiso comprimirse un segundo para extenderse furiosa sobre la ciudad, como agua en torrente y viento que mece la hierba en día de tormenta.

Y la nieve quemándose sonó como un cigarrillo encendiéndose.

Y tras la nieve ardió la paja, y el papel después, y los árboles y el corcho, y la ropa y los plásticos.

Y cuando le llegó el turno a la carne, los relojes de cuerda dieron las doce.

Barcelona, a unos segundos de las doce en punto, moría.

Y llegó el mediodía.

Y se hizo la luz.

«Nos quedamos allí cogidos de la mano, viendo cómo un alud apabullante de nubarrones carmesíes encapotaba los cielos, y lloré, sintiéndome feliz al fin.»

Carlos Ruiz Zafón

Epílogo

Las otras cuerdas de Barcelona

El tertuliano: Pompeu Gener
La bailaora: Carmen Amaya
El anisero: Federico García Lorca
El pensador: José Ortega y Gasset
El cinéfilo: Vicente Molina Foix
El apasionado: Antonio Gala
El médico: Gregorio Marañón
La pedagoga: María de Maeztu
El egiptólogo: Salvador Espriu
La traductora: Ana María Moix
La promesa: Rosalía
El simbolista: Santiago Rusiñol
La lírica: Victoria de los Ángeles

Para la lectura de este episodio final, podéis poneros una pista de audio titulada *Clouds, The Mind on the (Re) Wind*, del artista Ezio Bosso.

A mediodía,

... en el café Au Lion d'Or se hizo de nuevo la luz, la eléctrica; la natural no podía entrar a través de las ventanas; las habían tapiado con maderos contra el frío que había traído la oscuridad. Los allí reunidos aplaudieron el regreso de la electricidad sin darse cuenta de que la luz solar también estaba de vuelta.

Entre ellos destacaba un escritor llamado Pompeu Gener. Era célebre entre los literatos catalanes porque se paseaba siempre con una tarjeta escrita en francés, la lengua de moda de su línea temporal, que decía: *Pompeyus Gener savant catalan*, es decir, «sabio catalán Peius Gener». Entraba a una tertulia de un bar y, en cuanto mostraba la tarjeta, se hacía el silencio. Entonces pedía a alguien del público al azar que le dijera una palabra cualquiera, que él era capaz de crear todo un mundo poético a partir de ella. E improvisaba una poesía magnífica. Aquella mañana la palabra propuesta fue *luz*.

... en otro café no muy alejado del Lion, El Cangrejo Flamenco, donde Carmen Amaya estaba dando sus primeros pasos como bailaora, un tal Uclés cantaba *chanson française* y Gil de Biedma, en otra línea temporal, había pescado a sus más queridos amantes, y bebía varias copas de anís el poeta Federico García Lorca. El teatro Principal, en el que estaba ensayando su *Doña Rosita*, le pillaba a un paso y, con la oscuridad, había decidido resguardarse allí. «¡Ha vuelto la luz!», gritaron desde el exterior. El local, en este caso, no tenía ventanas, pero tardaron poco en comprobar que la oscuridad se había esfumado y, con ella, el ruido del interior, pues la mitad del público que charlaba y bebía en el café se evaporó y dejó sus asientos vacíos. También la bailaora desapareció. En el escenario solo quedó un vestido de gitana dando una última vuelta en el aire y cayendo sobre la tarima. Lorca, a quien le habían informado durante el cataclismo de su muerte, no fue capaz de levantar la mirada de la mesa. Llamó al camarero y le dijo que no le sirviera ninguna copa más, que le dejara una botella entera.

... el buque Ciudad de Cádiz, que llevaba a pensadores de la talla de José Ortega y Gasset, del médico Gregorio Marañón, de la pedagoga María de Maeztu y del egiptólogo Salvador Espriu, pudo, al fin, bajo la claridad, partir de Barcelona y comenzar el crucero universitario que haría descubrir a los intelectuales los lugares más estimulantes del Mediterráneo. Y con él partieron tantas y tantas embarcaciones que se habían quedado detenidas por la espesa bruma negra.

... en la estación de Francia, con la vuelta de la electricidad y la resurrección de las baterías de los vehículos, varios grupos de hombres hacían cola para montarse en el primer tren que partía a Perpiñán. Viajaban al país vecino solo para ver una película que la censura franquista no había permitido traer a las salas íberas: *El último tango en París*. Entre los viajeros estaban el cinéfilo Vicente Molina Foix y el apasionado escritor Antonio Gala, que no había vuelto a Cataluña desde que le concedieron el Premio Ciudad de Barcelona de teatro por *Los verdes campos del Edén*.

... Picasso sufrió en sus propias carnes un error cuántico, un fallo en el sistema narratológico. No volvió a su época, tal y como hizo el resto de los personajes. Él se quedó en el año 2026. Días más tarde, se suicidaría, un ocho de abril. Lo haría después de darse cuenta de que en el futuro sería reconocido como el mejor pintor de la historia, pero también como uno de los más infames. No se quitó la vida por el arrepentimiento ni la tristeza, sino por la rabia de que la inhumanidad con la que él convivía satisfecho fuera entonces pública.

... Simone Weil, cuyo rostro sereno se iluminó por la luz que atravesó de golpe las vidrieras altas de Santa Maria del Mar, se atrevió a abandonar la iglesia, agotada tras escuchar miles de rogativas y salmodias eternas para que volviera la luz. Semanas más tarde, herida y coja por el aceite hirviendo de una sartén, tomó la decisión de abandonar el país y no regresar nunca más. Aquel primer día de claridad se marchó a los jardines de Can Fabra. Sacó su diario y escribió lo siguiente: «Me tumbo de espaldas, miro las hojas, el cielo azul. Es un día precioso».

... Gaudí, nada más volver la luz, fue atropellado por un tranvía de vapor. Nadie lo reconoció. Pensaron que se trataba de un vagabundo de barba sucia y ojos místicos. Ya en el hospital supieron quién era. Pero falleció. Celebraron el funeral en la Sagrada Familia y fue enterrado en la cripta bajo el altar.

... Casagemas, que desde el apartamento de sus amigos no vio volver la luz, pensó que nunca más se iluminaría la ciudad. Bebió una copa de ajenjo, lloró una hora, mordiéndose el brazo como hacía de pequeño para llamar la atención de su madre, y se pegó un tiro.

... los tres artistas que ensayaban la *Música acuática* de Händel en la cisterna del teatro Poliorama, Savall, Caballé y Espert, fueron avisados de que había vuelto la luz y de que los tiroteos habían cesado. Era seguro abandonar el recinto. Pero al salir del agua cayeron al suelo. Sus extremidades, al igual que la piel de sus dedos, se habían ablandado debido al arrugamiento y no podían mantenerse erguidas. Se los introdujo en grandes recipientes de cristal de dos metros de altura llenos de bolitas de poliacrilato de sodio para que las esferas absorbieran la humedad. Después les plancharon las manos y las plantas de los pies.

... Machado, que acababa de estar en la suite 209 del hotel Majestic con la esperanza de encontrarse con Lorca todavía vivo, recibió la claridad repentina en mitad del barrio del Putxet, a unos pasos de la torre Castañer, donde debía quedarse hasta que vinieran a buscarlo para exiliarse junto con el Gobierno. Se paró en medio de la calle y miró alrededor. La ciudad parecía volver a ser la que conocía, sin moles metálicas ni de hormigón, sin la huella de la promotora y constructora Núñez i Navarro. Continuó hasta la torre y, sentado en las escaleras de la entrada principal, después de haberse quitado las capas que lo habían protegido del frío y habiendo recuperado el aliento, se llevó las manos a la nuca y alzó con cuidado la cabeza. Miró al cielo. La claridad le inspiró un último verso: *estos días azules y este sol de la infancia*.

... Capmany seguía embobada con la luz que emitían los galets flotantes de la escudella, que parecía no tener fin, como su hambre. No celebró la vuelta de la luz y se quedó inmóvil vertiendo lágrimas sobre el caldo catalán. Había comprendido que, en su línea temporal, un dictador le robaría los mejores años de su vida. Y como no dejaba de llorar, la sopa seguía creciendo. Y el bucle se hacía eterno.

... Ana María Moix subrayaba sentada en una pequeña mesa de Casa Almirall una novela que iba a traducir del catalán al castellano: *Pedra de tartera*, de Maria Barbal. Imbuida en el oficio de leer, había gastado una veintena de velas durante las pasadas veinticuatro horas para poder terminar el texto. Cuando un libro le gustaba, no podía soltarlo. Por ello, solía darse comilonas antes de empezar novelas largas, para evitar morir de inanición mientras leía. Agradeció la vuelta de la luz, pues solo le quedaba un cirio por gastar. Se los había comprado al mesero, que disponía de una centena de ellos en el almacén, restos de una boda que nunca se llegó a celebrar. Al terminar la lectura, cerró el libro y dejó la mirada perdida. La sacaron del ensueño las manos de una niña que intentaba despertarla cortando el aire delante de su rostro. Tenía el pelo larguísimo, los ojos grandes y la nariz pequeña, y movía las manos mejor que cualquier bailaora. La traductora le preguntó el nombre y la niña, de cuatro años de edad, le dijo que se llamaba Rosalía. Le respondió que era un nombre precioso, que evocaba poesía gallega, arte y promesa. Miró alrededor y vio a sus padres, que la esperaban en la puerta. La niña se había quedado rezagada, paralizada ante la pétrea mirada de Ana. Sentía una inmensa curiosidad por el mundo que la rodeaba y abandonaba todo cuando captaba un instante bello o extraño. El padre la tomó en brazos y salieron a celebrar el cielo claro y la alegría. Todos abandonaron el restaurante, salvo un serigrafista que asumía aterrorizado que no sabría pintar con tanta luz, y que se quedó al fondo del local tapándose los ojos con una venda hecha de papel couché. Justo sobre aquel trozo pintado lucía parte de su firma. Su segundo apellido, pues firmaba con el nombre entero, era Torrandell.

... otro pintor, en este caso el simbolista Santiago Rusiñol, recuperó con la vuelta del sol el oficio de la pintura. Durante meses pintó sin cesar todos los paisajes posibles de Barcelona, sus jardines y paseos. Casi parecía que alargaba el brazo y robaba algo de luz al sol, porque brillo más puro que el de sus pinturas no se ha visto jamás. De no haber sido por el apagón y por la mezcla de los tiempos, Rusiñol habría pintado cipreses muertos y caminos apagados. Pero no fue así y, gracias a Dios, capturó la luz más bella de Barcelona.

... la soprano Victoria de los Ángeles, conocida en el mundo entero por haber dado vida a casi todos los personajes operísticos más populares, calentaba la voz para celebrar que el final de la oscuridad había llegado. El Ayuntamiento de Barcelona preparaba una ceremonia de clausura especial en la que la lírica cantaría la canción popular catalana *El cant dels ocells*, la única composición que el violonchelista Pau Casals tocaba religiosamente en cada uno de sus conciertos fuera del país. Victoria ya la había interpretado una vez en la ciudad, en 1992, para clausurar las Olimpiadas. Acompañada de un piano, pondría fin a la eterna noche.

... Rodoreda, montada en el bibliobús y abrazada a los otros intelectuales para luchar contra el frío, vio cómo las tinieblas se deshacían a su alrededor. Giró la cabeza hacia Barcelona y notó que la luz había vuelto, que los pájaros estaban contentos. Se sintió feliz de poder regresar a su ciudad, pero desdichada de hacerlo con un cuerpo de casi setenta años. Se le habían marchitado los mejores años; se le había muerto la primavera. Sin darse cuenta, había pasado toda su vida en el exilio: huyendo de los fascistas españoles y después de los nazis, y después de sí misma, y del ruido de la ciudad. Se refugió en una casita apodada «el Senyal», en Romanyà de la Selva. Y allí escribió cuando las flores se lo permitían, pues estas captaban toda su atención, como la flor que crecía en el cadáver de otra flor.

... Montserrat Roig pudo abandonar el convento de los Capuchinos. Esposada, como el resto de los asediados, pero nadie logró quitarle la sonrisa del rostro. No solo había vuelto la luz, sino también la Barcelona que ella conocía. Se preguntó si, al igual que ella recordaba el apagón, también lo harían los barceloneses de otras épocas con los que había coincidido durante aquella noche eterna, como el escritor Sagarra. Meses más tarde, ella y otros intelectuales investigarían lo sucedido y leerían prensa y libros de crónicas de todas las épocas. Descubrieron numerosas referencias al apagón, así como distintas especulaciones sobre la causa, que nunca fue conocida. Pero sí se supo quién le puso remedio: la luz había vuelto gracias al detective Carvalho, que lo terminó pagando con su vida. Por ello, casi dos meses más tarde, Montserrat Roig llevó flores a su tumba en el cementerio de Collserola, una con doble nombre: CARVALHO Y MONTALBÁN. Se sentó en el canto de la baja losa y escribió algo en el lateral del lecho de mármol: «Los cementerios son las ciudades de los muertos creadas por los vivos, y Barcelona es la ciudad de los vivos salvada por los muertos».

... el rostro de Carmen Laforet se iluminó. La mujer se incorporó y se sintió complacida al ver que había conseguido invertir el deseo: Barcelona volvía a ocupar su sitio en aquel llano entre el mar y la montaña, y volvía a ser una sola ciudad, plácida y luminosa, no el enjambre caótico anterior. Carmen encontró bellísima aquella Barcelona; espléndida, armónica y ordenada, sin los edificios de otras épocas asfixiando una urbe encajonada, aunque con los desperfectos causados por las bombas de la guerra civil. Era 1941. Carmen quiso apretar la mano de su compañero de viaje, de aquel científico venido del futuro, pero solo agarró un manojo de hierba alta. A su lado no había nadie. Intentó ponerse de pie, pero notó que su cuerpo estaba exhausto, y solo logró echarse hacia atrás y acabar tumbada de nuevo en la ladera. Se miró las manos y reconoció la vejez en ellas. Se asustó. ¿Por qué no había rejuvenecido? ¿No iba a recuperar los años perdidos? ¿Era aquel el precio que debía pagar por el desastre? Volvió a decirle a su cuerpo que se levantara, pero no obedeció. Tampoco pudo decir ninguna palabra. Estaba muda. Inmóvil, cerró los ojos e intentó dilucidar las causas de su dolencia y qué hacer para lograr levantarse. Los pensamientos le bullían en todas las direcciones. Se le dibujaban constantemente dos palabras: *uno… única*. Era incapaz de mantener una idea en la cabeza. *Uno… única*. De pronto, escuchó una melodía que supo que le cantaba su hija Cristina: «Il y a longtemps que je t'aime. Jamais je ne t'oublierai». «Manuel, ¿quién canta?», logró balbucear con voz débil. Pero no había nadie alrededor. La luz del sol en el zénit le daba fuerte en los ojos y no podía cerrarlos. Le lloraban. Pensó en su madre, fallecida a sus trece años, y en su sobrina Lourdes, atropellada de pequeña. Pero también en Dios, en su familia y en la paz de sentirse conectada al mundo. La mirada albina, la mente clara. Un último pensamiento. Todo es luz y brilla. La luz se funde en el blanco.

Uno… única

Ya no me embrujas, sol,
barco salvado de la sombra,
es la sombra quien me ha tomado.

Maria-Mercè Marçal
Bruixa de dol

Agradecimientos

Al jurado del Premio Nadal de Ediciones Destino, por creer en esta novela y edificar con tanta ilusión esta Barcelona de los tiempos.

A la agencia MB: Txell Torrent y el viaje a Praga; Marta González y los roscones; Mònica Martín y la noche del ceviche.

A Elena Palacios, por la amistad sincera y por ayudarme a crecer, y al resto de la familia de Siruela, janduleses de nacimiento y de mi corazón.

Al jurado de la beca Montserrat Roig, por permitirme mudarme a Barcelona.

A Xavi, Joana, Sergio, Justo... y el equipo de *La Vanguardia*, por labrarme el camino en Cataluña y arroparme tan cariñosamente.

A Raül Fuentes y a sus padres, Mari Carmen y José Ramón, por darme techo en la ciudad.

A Silvia García Márquez y a Néstor Romero, por ofrecerme su casa.

A Cristina Cerezales Laforet, por dejarme tocar la última frase escrita por su madre.

A José Antonio Zaragoza, por el *collage* que creó

originalmente para la portada. Y a Diego Rodríguez, por la preciosísima ilustración del libro.

A Josep Murgades, por el tiempo de docencia que me dedicó.

A Joan Pons, de la Biblioteca de Catalunya, por su hospitalidad.

A Josep Maria Miró, por aquellos apuntes telefónicos sobre Cataluña.

A mis tíos, Puri y Ángel, orgullosos charnegos; a mis primas catalanas: Ana y Rosi; y a mis sobrinillas: Ainara, Ares, Paula y Laia.

A Hugo, Antonio, Unai, Gilbert, Luis, Asier, Guille, Pablo, Flavita, Sebàstian, Núria, Katia, Sílvia y Andreu, por hacerme sentir en Barcelona como en casa.

A Leticia y a Charles, mis dos tesoros.

A Carlos, por mejorar el texto y por nuestra bizarra intimidad.

Y a mis padres y a mi hermana, siempre.

Índice